主编　凌翔

当代

三生石上

赵武明　著

民主与建设出版社
·北京·

图书在版编目 (CIP) 数据

三生石上 / 赵武明著 . —北京：民主与建设出版
社，2020.2
ISBN 978-7-5139-2938-7

Ⅰ.①三… Ⅱ.①赵… Ⅲ.①散文集—中国—当代
Ⅳ.① I267

中国版本图书馆 CIP 数据核字（2020）第 033536 号

三生石上
SANSHENGSHI SHANG

著　　者	赵武明	
责任编辑	周佩芳	
封面设计	陈　姝	
出版发行	民主与建设出版社有限责任公司	
电　　话	（010）59417747　59419778	
社　　址	北京市海淀区西三环中路 10 号望海楼 E 座 7 层	
邮　　编	100142	
印　　刷	唐山楠萍印务有限公司	
版　　次	2020 年 7 月第 1 版	
印　　次	2020 年 7 月第 1 次印刷	
开　　本	710 毫米 ×1000 毫米　　1/16	
印　　张	13	
字　　数	200 千字	
书　　号	ISBN 978-7-5139-2938-7	
定　　价	39.80 元	

注：如有印、装质量问题，请与出版社联系。

序言

加油！老爸
赵子萌

　　我常给别人说，我爸爸有两个孩子：一个是我，另一个是书。书，是我们家不可或缺的。温馨的家，书香充溢。各类书装饰了我们的心灵，也丰富了我们的生活。

　　我的爸爸是一名文字工作者，戴着一副近视镜，每天他的生活好像总离不开书，不是坐着看，就是躺着看。只要有时间，总捧着一本书，或喜或悲，喜怒无常。他看书的时间总比陪我的时间多。有时，我愤愤地说，去陪你"儿子"吧！他的"儿子"就是让我嫉妒的书。

　　我的爸爸靠文字吃饭，他是报社的首席编辑。除了看书、写作，时不时还练书法。他从我一出生就开始值夜班，我俩的时差恰恰颠倒。他下班回来时我睡得正酣，我上学时他才进入梦乡。我们的交流很少，却每天能通过读书来聊聊。

　　读书，是我们的共同爱好。但是，还常常出现分歧。爸爸主张"好读书，读好书。"我呢，读书成了书虫，眼睛都近视了！嘿嘿！他总是提醒我哪个年龄就读哪个段的书，而我呢，才不呢！只要是我感兴趣的书，总会藏在卫生间或者枕头下面，趁他不注意时看得津津有味。冷不防，被他发现，有时也是睁一眼闭一眼。实在不入他眼的书，总会不翼而飞。我知道，肯定被他转移了。生气时，我就故意不理他，间或恶作剧般地把他的书藏起来，急得他到处乱翻。他肯定知道，那是我在报复他的行为。有时，我让妈妈给我买了新书，就偷偷藏起来，不让他知道。

很多时候，总会弄巧成拙。吃饭时，和他聊天。他有意识地探究我的动态，一不小心就被他兜出了我看的书。谁让我那么嘴快呢？他总给我说，读书要读活书，就是要汲取养料，别囫囵吞枣，走马观花图热闹，要求我坚持写日记。可我呢，眼高手低，三天打鱼两天晒网。只要有作文竞赛，他总会让我参加。痛苦归痛苦，还得硬着头皮写。写完，让他看。他总会说自己多读读多改改，好作文是改出来。把我那个气呀！同学和老师们都知道我爸爸还是作家，作家不给自己的女儿辅导作文，岂有此理？我赌气时，索性把写的作文故意放在他的书桌上，就让他看看。次日，我想他肯定会在作文本上改得满篇通红。当拿到本子时，让我傻了眼：页面原封不动！正要找他"兴师问罪"时，本子里掉出个纸条：上面写了他的看法和建议，还说有则改之，无则加勉。我写作文时，可能会罩在爸爸的光辉下，但我更希望的是能成为像小仲马一样走出爸爸光环的人。我也有一个梦想，会循着爸爸的足迹读更多的书。

相对别的父女嬉笑，我们更多地是纸上交流。其实，说白了就是小纸条传递言语。他晚上回来或者外出时总会给我留纸条，有时可能会写满满一张纸，上面会写对我的爱，还有他的一些感受和对我的教诲。我呢，总是三言两语。让他别太辛苦，注意身体，有时间锻炼。他呢！动不动就给我讲学习的重要性，老生常谈：路是自己走出来的，今天不努力，明天就会吃更多的苦……我总嫌他太啰嗦。他照旧苦口婆心，不厌其烦。纸条留来留去，日子就这样流逝。我们也一起出去旅游过，走到哪都让我做功课，熟悉当地的民俗风情、名胜古迹，文化差异等，我呢总是浮光掠影，一知半解。他给我讲时，我满不在乎。心底里我还是暗暗佩服他，学识渊博，甘拜下风。他讲的有些内容，导游根本不知道。我也知道，这就是他平时读书多积累的。我们之间还不时掐架，他从不像别的父亲那样疼疼我，抱抱我，更不会说"爱你宝贝"之类的绵绵话语。平时，就不怎爱说话的他，对我总是很严肃，总绷着脸。但是，我成绩考得好时，他总会开心地哈哈大笑。

这就是我爸爸，一个让我爱恨并济的爸爸。其实，我爸爸很是辛苦。从我记事起，他就忙忙碌碌，为了他的工作，也为了我们这个家，一直默默地向前。他脾气不好，我慢慢懂得那是他压力山大。同时，我也知道真正懂他的人也很少，他有时很孤独。他写得好，表达得少，更不善言辞。有关爸爸的很多事，我都是听爷爷讲的。他一直很喜欢读书，写东西。他的生命中，文字可能是最好的遇见。爸爸可以不吃饭，但不读书估计会发疯。记得有一次，妈妈收拾屋子时把他的一本书放在哪里找不到了，他雷霆大怒，吓得我们再不敢动他书了。真的，书有时比我重要。但是，我毕竟是他女儿，他开心时也很疼我的。

爸爸的感情也是通过文字来表达的。前不久，他的新书《空山寂语》出版了。我故意装作不看，气气他。实际上，他不在时我一直看。有些作品，他发表时我就看过。他写稿子为了挣稿费补给家庭，更多的是一直坚守自己——好好做人，用心作文。爸爸的内心是柔软的，但他文字是向上有力量的。这段时间，他夜以继日地改稿，我知道他的又一个"孩子"快要出生了。他不在时，我时不时翻翻他的书稿。这本名为《三生石上》的新书较上一本《空山寂语》可能费了更多的心。如果说上一本寄情于山水之间和人生哲理，这本呢，更多是写人情世故，还有对故乡的念想。文字朴实了，感情真挚了。或许，到了这个年龄更多了回忆和乡愁，他有时写着写着总会愁眉不展，我知道那是他写的文字触动了自己的心弦。

倏忽间，我发现爸爸今年陡增了很多白发，那是生活对他的磨难。在《三生石上》里，我读到了他童年的快乐和一些有趣的往事，也读到了求学路上他的艰辛，还读到了他对亲情友情乡情的眷恋，更多的是努力活出自己的样子。读着读着，有时我也会流泪，他的那些文字好像会说话，深深打动了我。终于，我读懂爸爸的另一面，他把别人喝酒打牌的时间用来书写了自己的心声和身边的事。

爸爸累了，我想给他捶捶背。断断续续翻完《三生石上》，我的眼睛不禁湿润了！爸爸的文字，会温暖每个阅读者的心！在车水马龙中，最高大的那个人就是我爸爸。向着光芒出发，因为文字在疯长！

加油，老爸！我相信您的路上会鲜花满径。有您，我也很幸福！

目 录

第三辑　生命深处有底色

第四辑　蓦然回首意阑珊

第五辑　光阴丰盈喜相逢

第一辑　大河之上跃金城

方言

很多人都会问我，为何不说普通话。面对一再的询问，我多半笑笑。如果回答依旧是方言味很重的"山普"，难免让问者不好意思。

我生在祁连山脚下的一个村落。河西走廊的朔风好像刮歪了人们的舌头，从祖辈开始走出家门，在外面说话就会被说普通话者笑得不堪入耳。

地域不同，习俗迥异，人们就会操持着不同话语。别说太远，就是一个地方每个村子都会有不同的语言。有人说，因为祖辈来自五湖四海，再加上匈奴、月氏、羌族等遗韵，祁连山下、河西走廊的人们语言叙说就显得有点浑厚不圆润，苍劲不委婉，声竭不悦耳，这里的人们说话，不带一三声，音总是高昂着。

淳朴的民风，旷达的习俗，生活的地域造就这里人们的语言。初入河西，你若听到两个人对话，肯定会以为有人吵架，声音洪亮、讲话急躁。等你临近，才会发现不是那么一回事。

在河西，延续人们的有三条河流：黑河、疏勒河、石羊河。河西是指过了黄河以西，而与这三条河毫无瓜葛。其实，河西走廊是一个富裕的区域，那里的人们丰衣足食，自给自足。我的家乡——山丹偏安一隅，是个农业县城，人都很本分，善良厚道。

村里的人们安定团结，向上奋进，其乐融融。邻人之间说话直来直去，有什么事就说什么事，没事说就各顾各的忙。一辈又一辈，一代又一代，代代相传。自咿呀学语，蹒跚迈步时，我就遗传了地道的山丹话。

山丹话是河西语言的一个"音节"。我们经常开玩笑说，山丹话是普通话的"母语"。公元609年，隋炀帝在焉支山大宴二十七国使臣，不管是司仪还是接待者，应该说的是基本上能让大家听懂的话吧！当时，难不成还有翻译？

其实，我认为方言只是一个地方语言的传递或表达方式，没有什么好笑或好说的。车走车路，马走马路，各有各的道，各有各的说法。方言，是一种语言，它跟标准语最大的区别是只通行于一个地区。事实上，语言是人类文化的载体和主要组成部分。每种语言都能表达出使用者所用的思维方式，社会特性以及文化、历史等，都是人类珍贵的无形遗产。每一种方言消失后，与之对应的整个文明也会消失。

源远流长的文化赋予了汉语丰富的内涵。毫不夸张地说，一个字就是一幅画、一首诗，一个成语就包含了一个传奇故事。汉语的奇妙之处，不仅体现在词汇和语言的变幻莫测，还在于各地不同的方言，用语言来表达是人们的基本诉求。

不管如何说话，也不管你操持什么方言，关键在于能否尽量表达或表述清楚。话不在说得多好，也不在说得天花乱坠，关键是要通过交流来办好事。城里人们说话多用普通话，哪怕再普通的人也尽力去说普通话，而我这个外乡人，操持着山丹话曾受过不少人的白眼，还被开过无数次玩笑。对此，我总是一笑而过：只有普通人才说普通话，我就不是普通人！

城里人的普通话总有不普通的故事和说法，总以为生在城市，活在城市就比乡下人高一等。事实上，普通人才是真正地生活，不求吃山珍海味，只图个幸福自在；不与世相争，只求安稳舒适；不求繁花似锦，只愿云卷云舒。每天开心，不会被世间的漩涡所迷失方向。

总是有些人看不起说方言的人。倘若在火车或公交车上有个老乡说方言，间或声音大了几拍，有人就会瞪眼或皱眉甚至嘟囔。好奇地看着那些老乡，甚或另眼看待。话说回来，难道你的祖祖辈辈都是说普通话的人？我也曾被人讥笑过多次：话都不会说。的确，虽然说不好话，但我纵横九州，不管是小众场，还是两三千人的大剧场，做讲座和发言时也没被轰下台过，因为我是用心去讲，大家是用情在听。双方的愉悦建立在相互尊重之上。这些年，我写的当然比说的好，在很多场合也想说说普通话，但总觉得很别扭。踌躇再三还是坚持始终，保持本性吧！虽然说话土，但说真话，说真事，说的让人明白就好。不像有些人虽然说着普通话，但干的并非普通事，要么耀武扬威，要么阳奉阴违，要么笑里藏刀，着实可怕。

不妨，你看身边那些说方言的兄弟姐妹们，他们是最朴素的人，因为他们的内心是纯洁的，像天边的云。和他们交往不用多费口舌，甚至可以交心。

我生活的兰州，平日里人们说着味道很浓的京兰腔，日子也充满了更多的余韵。方言，不过是一种交流的方式而已。鸟有鸟语，兽有兽言。是的，在什么山唱什么歌。不管是方言，还是普通话，只要舒服就好，只要说的是真话就好！

雪落黄河

小雪，没有飘雪。

大雪，没有飘雪。

冬至，还是没有飘雪。

风，随着意思吹。吹起了黄河千层浪。

居在金城的人，都期待着一场雪，银装素裹，洗尽铅华。

冬雪罕至，有的只是零零星星的，还没落地就已融化了，轻描淡写，虚无缥缈。偶尔看到山巅上的雾凇，抑或在寒冷的山间瞥见雪凌花，欢喜的不得了。瞬间，仿佛觉得眉毛上凝成霜，心里透冰冷，都想期待一场开打的雪仗。

没雪的日子，蛰居的人们只好逐着一场梦，来到滑雪场。在人造雪上，变着法儿撒欢。但总觉得缺失了一种天籁的韵味。

终于，一场雪飘然而至。白雪覆盖了大河上下。

这是春雪，从天而降，来自空灵，归宿在大地，轻盈明媚地覆盖，不拒绝脚印，不拒绝炊烟，不拒绝闹市与蛮野，俗生俗事娓娓道来氤氲成体温的熙攘，人群是最有生命气息的所在。

喧闹的年代如风一般远去，那颗经过生活磨砺的心，却已变得沉静柔软，撒下了温情的种子，萌生出平和的心境，不再去追逐一场繁华。时光是把无情剑，会挥去世上的一切，好花也难免缤纷一地，盛景也有黯淡的一天。只有那平淡的岁月，伴随我们质朴的生命，眺望黄河东流，闻听河水汤汤，一起走到人生的尽头。

心静若水，则从容恬然。止水无波，则明澈无尘。岁月轻盈，则平淡似花。心动如水，则涟漪漫溢，清香呢喃，则自然禅静悠远。享受心灵的自在，用淡雅雕成花一朵，将心语串成一缕缕岁月的心路，让墨香自我洒脱，蔓延着一份自然、一份心灵的情怀。此时，唯有雪落的声音，浸润着心灵。

在大地上随意行走，喜欢淡淡的景色，水墨一般的情韵。我惊异于大自然的千姿百态，倾心于它的清新之美。明朗的天空下，青山绿水绕，清泉石上流，优美的景色令人心旌荡漾，生命在瞬间涤清了风尘。我欣赏开在雨中的一朵花，立在山巅的一棵松，流在荒原的一泓水，飘在天际的一朵云。它们姿态各异，自由自在，超尘脱世，随遇而安，淡然面对苍天大地，保持着远离喧嚣的静美。可雪落人群，也是孤寂的。纵然食遍人间烟火，也好似一枚遗世而独立的雪花瓣。这精灵从银碗里起舞，柔软的美，禅意的美，美到惊艳。每一场雪来，飘在我心间的，不是雪，而是一个邂逅或者是一场如饥似渴的约会。

我静静地坐在窗前，捧着岁月清幽，真想捧雪煮茶，馨香透过神情，让心情安然，让茶事、书事、诗事融化于一盏盏香气氤氲中。茶无贵贱之分，而分合在于人心。是的，只要心静坦然，用大碗盛茶了，也会喝出雪的味道。透彻、光洁、玲珑剔透，直抵心间。

雪，静静落在黄河上。大河远去，带走的不仅仅是雪花，而是一个个故事。时光之河缓缓流淌，思绪引航，或顺或逆，或停或行，道法自然。

雪飘着，一下子又将我的思绪牵引回了儿时——

儿时的冬天，残留在记忆中最多的莫过于下雪了。一进入冬季，居住在河西山丹的我们就盼望着下雪，漫天的雪花飘飘，那才是冬天的景象，没有雪的冬天还是冬天吗？那时，冬天隔三岔五就会落下一场雪，或大或小。

于是不经意间在某个清晨起来，你就会看到地上已经落了厚厚的一层雪，那漫天的小精灵依然在纷纷扬扬地飘落。会压抑住自己欣喜的心情，顾不上欣赏这美妙的雪景，拿起扫帚扫起院落里的雪。

这是儿时雪天，在家里我最爱干的一件事了。从记事起，好像每年冬天的扫雪全让我给承包了，从不让父母和家人插手。虽然每次扫雪手脚都冻得冰凉，可浑身却冒着热气流着汗，这种乐趣没有亲身的体验是很难理会的。那时家大院落也大，从大门外到后门外足足有五六十米长，要扫完需要花费些时间的。

我们扫雪，先扫出一条路来，然后按照先前院、再后院、最后打扫大门外的顺序，将里外的雪打扫个干干净净，堆积在院子里每棵树的周围。院门外，这是各扫门前雪，家家户户扫着扫着就连在一起。

等我扫完雪时，母亲的早饭也做好了，我洗把脸吃完早饭，就和小伙伴们满世界疯去了。滑雪、打雪仗、堆雪人……雪地逮麻雀是每个雪天我们必玩的项目，不玩个昏天暗地才不肯罢休呢！直到母亲满世界地扯着嗓子喊着吃饭了，我们才依依不舍地分别回家。

记忆中，儿时故乡的雪每次都下得很大。有时接连下几天，而且每次都埋过脚踝骨。记得上中学时，去学校要经过大片的树林。一个雪天的早晨我去上学，疯下了一夜的大雪将路淹没了，天地间白茫茫一片。我跌跌撞撞地踩着前面的脚印走，走着走着天亮了，才发现原来第一个走的人走岔路了，后面的人也都跟着走出了一条弯弯曲曲的路。

踏在雪上，咯吱咯吱的声响，至今犹在耳畔。

一场雪，飘飘洒洒，让大河上下顿时变得简洁明了。黄河像一条银色的飘带明净酣畅。河边的树木，琼枝玉花。万籁俱寂，任河水东流而去。流逝的是时光，流不走的是记忆。一条流动的河，让时空开朗。

　　雪落黄河，四野苍茫。此时，不禁想起了泰戈尔"死如秋叶之静美"的诗句。秋叶是一片叶子最后的风景，死亡是生命结束的时刻，死亡来临还要保持美的状态，未免过于凄美，震撼着人们的心灵。当然，"质本洁来还洁去"，当面对死亡之时，让自己的灵魂保持美丽，不仅是趋于高尚的人生，也是趋于美好的人生。静美涵养着一股内气，注重自己的内心修为，更多是一种精神的写照。

　　每个人的心灵都需要滋养。在这个孕育的时节，我会迎着风，沿着蜿蜒的小路，来到旷野，在河边发呆，清新的空气扑面而来，融融的暖意流遍全身，一种美好的情愫在心中悄然滋长。幸甚的是倘若遇上皑雪潇潇的日子，会选择一个僻静之处，屏气凝神，倚窗听雪，那轻盈的雪，宛如古筝弹奏出的旋律，清越悠长，丝丝入耳，让人荡起悠悠的情怀，享受一段美妙的时光。

　　夜深人静，一丝微弱的光线从窗口透进室内，在地上撒上了几许清辉。习惯在无声的世界里，将自己的心事宕开，用生机温暖的文字，记录一段缱绻的情怀。如果说人生是一段旅途，快乐与忧伤就是那两条长长的铁轨，在我们身后紧紧相随。在乐观者的视线中，经常出现的是明快的色彩；而消极的人看到的，往往总是暗淡的影像。人生在世，难得的是那份自在和悠闲，那份可心和舒坦。雪在飘，思绪满天飞。

　　没有雪的冬天还叫什么冬天呢？没有冬天的岁月叫什么岁月呢？总有南方的朋友带着炫耀的口吻说："我们那里四季如春呢！"我听了一点也不羡慕，四季都不分明，那日子该有多混沌，就像人生只有一种味道似的，总有些乏味。有雪，冬天才有味道，有风韵。最好是一场大雪，就是"燕山雪花大如席"的那种，要不就是"昨夜忽飞三尺雪"的那种。可是，这座城市总是下点儿小雪，世界只是薄薄地敷了一层粉。雪像个顽皮的孩子，露了个影子就逃得无影无踪。整整一个冬天，没有几天大雪封门的日子，就觉得时光太匆促了，匆促得连脚印都留不下一个。春雪，留下更多的是人们的喜悦和深呼吸。

生活是一面镜子，你对着它笑它就笑，对着它哭它就哭。既然如此，我们不妨一路微笑前行，悠然从容地老去，唯愿岁月的静好长驻人间，如唇边那抹恬淡的笑意，温馨如花，温情似水，柔柔而和和，绵绵而长长……

等待大雪不期而至，偷得浮生半日闲，在洁白的雪世界中重回单纯宁静，回味悠长舒缓的旧时光，让心洗去尘埃，得到休憩。等待大雪来临，不只为看雪景，亦为了让雪把美好凝固。大雪纷飞，覆盖一切丑陋，让世界纯净。

走出家门，来到黄河边。不仅仅是为了雪。伫立风中，我忽然有了感悟。看着河边的树，忽然间感到它们才是大自然中真正的智者。内敛睿智，丢弃一切琐碎，将生命的本质形态呈现出来，干练、简单、磊落，面对雪雨风霜，精气神十足，卓然屹立，更显骁勇刚劲。

你看硬朗的枝条上，因白雪堆积，便柔润丰满了起来，洋洋洒洒，姿意率性。在冬日的天幕上，勾勒出一幅自然天成、意韵无穷的书法作品，给人一种力量，昭示一种精神。一棵树，只有经历过无数个冬天，才能牢牢地扎根于大地，昂然挺立，独自撑起一方绿荫，让风有了琴弦，可以弹奏天籁之音；让鸟有了家园，可以繁衍生息；让空旷的大地有了一个醒目的标志。

在苍凉的背景下，体态魁梧或绰约多姿的树，透出一种原始、质朴的美。没有繁茂绿叶的妆点，抑或艳花与硕果的牵累。繁华落尽，劲枝如剑直指苍穹，生命的原貌真实地袒露在天空下，凄凄冷风里彰显挺拔的风骨与不屈的灵魂。河边的树此刻是线条了，是国画了，那些线条里也表现了它们感觉到的寒冷。大地好像沉睡，仿佛正在做梦。天地静，人的心也静，静得纷扰全无，杂念全无，烦恼全无，心底一池清澈、明净！

雪，让世界增了色，添了柔。只是一场出其不意的雪，就让人们把冷漠、疲惫渐渐释放，快让我在雪地上撒点儿野，与雪花撞个满怀。每个人有每个人的酣畅，每个人有每个人隐秘的欢乐。还有什么比在萧瑟中遭遇一场大雪更令人心旌荡漾。沉睡的土地，被雪花深情的拥吻惊醒，这是天与地的重逢；春天就要来了，这是天与地的秘语。白雪覆盖下，孕育着风情万种的美丽色彩。雪花优雅从容，天地在看似安静中萌动。土地深处的种子悄无声息地发芽，汇积成支撑天与地的震动。

雪落无声，甚至遁形。虚无缥缈，只觉迎面湿润，沁人心脾。凝眸处，雪花幻化成薄雾，远处氤氲，近处只有呼吸。金城在悄无声息的飘雪中，酣然入眠，漫长沉静。心跳的声音逐渐明晰。雪花绽放，刺眼的白，四周都是空的。

风吹着雪，暮色辽远。一个个故事正在酝酿。

雪花飘呀飘，金城到处都是雪，玉树琼枝，银楼玉宇，一切都宛若仙境。黄河边树上的雪越积越多枝头，还在簌簌地往下落，花落一般美。再荒僻的角落，也被雪厚厚地覆盖了，雪从来不会厚此薄彼，带给人间同样的洁白。一层一层，雪让世界突然间进入一个童话世界。金城如此多娇，在于兰山上，也在于白塔山上；在于大河上下，也在于笑颜逐开。幸福会留在人们心里，也会写在人们的脸上……就像雪花飞舞，滋润着每个人的心。

不知是对冬天的眷恋，还是对春天的热恋。一场春雪就这样飘然而至。灯红雪白，中山桥静子一样，千娇百艳。雪仍在飘，惊艳了世界……纯白和寂静。霎时，覆盖了这个喧嚣的世界，如此静美！

"绿蚁新醅酒，红泥小火炉。晚来天欲雪，能饮一杯无？"雪落黄河之时，静居一隅，可以一个人捧着一杯酒，清点流光碎影，心也如雪一般纯净安宁。也可以静静地在窗前欣赏飞雪蹁跹，看银装素裹的世界，怀想一些悠远的往事。若是邀上三五好友，走进农家乐，温一壶酒，上几碟菜，品酒酌饮，谈古论今；或无需言语，只是举杯聆听窗外雪花飘落的声音，凝眸一笑，生活的乐趣也大抵如此！

大河之上

一座城市被一条大河流成两半，河居其间，城曰兰州，河谓黄河。北岸白塔耸立，诵经声萦绕；南岸兰山挺拔，攀登者问天。

日落之时，伫立河畔，城市和大河在夕阳中愈加灿烂。一只鸟从河面掠过，遽然影逝。唯有鸟鸣声临过山顶的松柏，掠过夜露浸湿的青苔，栖息于河面冉冉白雾之上。

远处一轮明月逐渐上升。在黛色山巅之间，初露如拱。月色清辉，乳光寂静。仿佛那弯拱月之后，还隐藏着一个月色纯洁的世界，令人神往。

兰州的"兰"字，非常美。特别是繁体字的"兰"，好像散发着馨香，吸引着您不得不来，让您匆忙的脚步不得不留驻。兰州，一座来了就不想走的城市。

兰州是古丝绸之路上的重镇。早在五千年前，人类就在这里繁衍生息。西汉设立县治，取"金城汤池"之意而称金城。隋初改置兰州总管府，始称兰州。自汉至唐宋时期，随着丝绸之路的开通，出现了丝绸西去、天马东来的盛况，兰州逐渐成为丝绸之路重要的交通要道和商埠重镇，联系西域少数民族的重要都会和纽带，在沟通和促进中西经济文化交流中发挥了重要作用。

夕光和月辉交替洗礼过的黄河静静流淌，以最温柔最纯洁最宁静的神态赋予母亲河宽容博大的情怀。此岸彼岸，尘间烟火与愉悦人生，均因河生。生命就像一条河，左岸是无法忘却的隐隐忧伤，右岸是值得把握的熠熠年华。中间飞快流淌的凌波，是成长中最美好的记忆。

兰州是一座蔚蓝的城市，天高云淡，万籁歌唱。这时的黄河，没有了旖旎，没有了绚烂，唯有静静流淌，可她并不是萧索寂寞的，更添了一种别样的味道……唯有黄河静流，才有如此的淡定，才敢有素面朝天的勇气。

因黄河穿城而过，兰州便成为一座有灵性的城市。不但有山，而且有水，山水相依，水山为邻，行走其间，记忆更加丰盈。行走在这座城市，在匆匆的步履中总有一些情愫会束缚着奔跑的脚步，让您在温柔和伟岸中寻找一些温情和守护；让您在古朴和现实中捕捉一些真实和美好；让您在厚重和变幻中留驻一些温馨和记忆。

登上皋兰山或白塔山暂时忘却一切，极目远眺时心旷神怡。坐在黄河岸畔看波光粼粼，听涛声阵阵时，瞬间压抑的心情或许会舒展，眼前顿时豁然开朗。暮色萦绕着两山上苍翠的松柏，郁郁葱葱的叶尖儿上，挂着璀璨的光亮。风吹时，枝叶涌动，那些奇异的光芒也跟着闪烁不定。几颗光点投影在善忍的眉梢上，似是蝴蝶的翅膀俄顷之间动了又动。夜色迷人，喧嚣之后便是沉寂。

黄河东流，逝者如斯！

羊皮筏上，花儿漫唱。

霓虹闪烁，律动城市。

风和人依然没有分清方向，也没有握手言和。风随着意思吹，人随着河水流。凝视黄河，只要轻轻一想，就能触摸到梦境的地方；只要来过一次，灵魂便能从此安顿。大河之上，俯仰厚地高天，意境苍苍茫茫。

瞧！滨河路上的垂柳，在朝阳中，被身边的游人萌动了，也忍不住探出了头，扭动腰肢，绽放生机。惬意的人们，沐浴在在暖阳，倚在桥栏，或拍照或观景。远处传来高亢的秦腔声，向人们炫耀这个城市依然热闹！

蓦然，河面上三两只水鸟恣意飞翔，或高或低或掠过水面。夜晚的黄河如丝带亮眼。间或激滟，水天一色，旋进人的心里，泛起层层碧波。还有水鸭，嬉戏相逐，先知水暖。

长桥卧波，壮美怡人。天堑变通途，幸福两岸人。桥梁成为一条丝带，飘曳在黄河上，美不胜收！一座座黄河大桥崛起，拉近了城市南北的距离。

兰州，是徘徊在心间最温暖的一个词，她可以给你力量，她还是你疲惫心灵休憩的最佳港湾。兰州，是心头挥之不去的记忆，在行进的日子，她记录着你的喜怒哀乐，让您欲罢不能。人间万象，有人生命艰苦，一旦融于兰州，便也知足。有人生命绚烂，终究归于宁静。齐全的和谐归于一身，完整的美均匀通体，兰州是人性的方舟，黄河是心灵的家园。在这座充满人性的城市，您可以找到精神的皈依。坐拥大河之上的金城，日新月异，让游客刮目相看，流连忘返。

行走在大河旁，顺着水流，一路向东。语欲凝噎时，那花兀自绽放，俏丽枝头。斑驳的枝叶，倏然让大河两岸灵动起来！所有的日子都那么值得期待，所有的过往也都融化在朝霞中，透着明艳的光。于是，栖居在黄河边的人们过着诗意的生活。

奔流的黄河，九曲十八弯，聚集起许多细流，合成一股有力的洪涛，向东远去。穿过了悬崖峭壁，冲倒了层沙积土，裹挟着滚滚的沙石，快乐勇敢地疾驶。遇到巉岩前阻，愤激奔腾；经过细软的平沙，鲜艳芳草，静静地流着，低低地吟唱着，轻轻地越过；遇到暴风雨，心魂惊骇，暂时浑浊了，扰乱了。风平浪静后，增添了新生力量；遇到晚霞和新月，交相辉映。投影中，清冷中带些幽幽的温暖；勇往直前，簇拥着一路向东……终于有一天，远远地望见了大海，相拥相依，多么辽阔，多么壮观，多么光明！大海热情地伸出庄严的臂膀接纳，羞涩的黄河最终流入。海纳百川，归化了，一切平静而坦然。人生何尝不是？居住在两岸的人们，穿梭着奔波自己的日子，妆点生活，幸福的笑颜映在黄河这面大镜子上！

大河经流，万物葳蕤，一个个明媚的日子正在阔步而来！生命的大河经流不息，河水汤汤，向东流去。流走的是岁月，流不走的是记忆和故事。黄河将年年月月浓缩成浪涛，流向远方，决不吝啬的感情在源远流长中抒写。

水车悠悠，吟唱着古老的歌谣；古镇酽酽，记载着久远的历史；黄河滔滔，流淌着无尽的岁月。民居古屋，风情万种，慧心独具；水车之都，赏心悦目。黄河两岸，婀娜多姿，慧心独具，气象万千。

大河东流，万马奔腾，不舍昼夜。

大河之上，精致兰州焕发着蓬勃向上的气息！

梨花含露

梨花开，春带雨；梨花落，春入泥。

梨花开了，一朵，一朵。我的脚步还是慢了。

丝绸的柔，一瓣又一瓣，依在水面。花自飘零水自流，瓣瓣梨花写信笺。

走进世界第一古梨园时，正午的阳光透过绿叶折射在花蕾上。我心里一惊，些许梨花真落了。我还未来得及一睹芳容呢，就这样落了，是一阵风吹落的，还是一阵雨打散的呢？或许都不是，应是化作春泥更护花。

四月含烟春语晚，一层花色一层天。徜徉于梨花海洋，我醉了。虽没有海水拍岸的似雪浪花，却有着馨香灿烂的如雪梨花浸润着。在古梨树下行走，心情豁然开朗，虬枝茂叶直耸云霄。坐在梨树下，捧一杯茶，眼前的绿和杯中的绿让我荡漾。一种是生命的绿，一种是延续的绿。一树梨花一树雪。梨花朵朵，晶莹如雪，苍郁的枝干和花的莹润相映。花在水中游，水在花中流。花香怎能穿越千年的遐思和百年的眷恋，一池春水再也吹不皱飘落的梨花……饱经沧桑的古梨树，很静，似慈祥的老人，想告诉来者什么，却又欲言又止。我知道，在它心痛之时，是那些"入侵者"刺透了心，鲜血淋漓。血红梨白，直抵心灵。能不痛吗？

此刻，我就站在这棵五百岁的梨树之前，默默地凝视。生命之树，也许是什川人的福祉，更是什川人的一种精神象征吧！

什川境内生态优越，南北青山为屏，黄河横亘，风光旖旎，花开情致。置身梨花海，脚下是软软的沙土，犹如海滩散步，没有海水拍岸的似雪浪花，却有馨香灿烂的如雪梨花伺候着我的五脏六腑。在梨花的洁白下漫步，心情就容易开朗，对世上的各种事情和离离合合就容易看得开一点。小憩在梨园，心旷神怡，可以凝思，可以神游，可以晒晒太阳，也可以在一隅品茗闲聊。总之，在自然的环抱里一切都是那么亲切和蔼！

在古梨树下伫立时，我就觉得自己的心脏肺腑，一会是绿色的，一会是白色的。绿色使我舒畅，白色使我永恒。趁和风，闲独步，丛丛梨花树，陌上梨花似当年，怎不见旧人在？

香雪满径，风情万种。棵棵梨树，恰如游龙；朵朵梨花，层层雪海；水绕半岛，千姿奇峡，什川千亩梨花竞相绽放。放眼望去一树一树的梨花，花影重叠，交互相映。站在如雪的梨花丛里，嗅着梨花的馨香，看着满眼如雪的梨花，我被眼前的美景迷惑了。一朵朵洁白的梨花缀满枝头，饱满而又极致，远远地望去，宛如团团云絮，又似层层白雪。置身梨园，恍入世外仙境。白白的梨花，一袭素雅，美而不娇，秀而不媚，倩而不俗，似玉一般纯洁。天然妆成，清清爽爽，无半点喧闹。开得那么清逸，那么洁净无瑕。徜徉在梨园里，抛却了城市的繁华和世俗的纷扰。那一刻，我真正体验到了一种难得的超脱、纯美和宁静，甚至有些流连忘返。远处几声犬吠，颤荡着打破了村野的寂静。白色梨花的纯净漫过疲惫的心灵，徜徉在梨花香雪间，心灵就在花间休憩。人静了，花兀自绽放！

人间四月天，梨花朵朵开。这是在什川梨园，古梨树也是新芽绽花，毫不逊色。梨树开了花，往来的人们都闻着花香陶醉，可是又能待到结果之时？或许一阵风过，千树万树梨花开；一场萧杀，谁又能知有多少果实成为护花泥呢！每个人心中都有一朵花，不去浇水，不去施肥，不去呵护，没人帮你芳香，久了就会成为荒凉。所以，每天从自己的心开始，面向阳光，笑对人生。

如今梨花开了，花瓣依旧洁白如雪，花香依旧清淡撩人，纯洁而妖媚。花中奇绝，骨中香彻，这花的精魄似已溶入我的灵魂深处。我的手抚着洁白的梨花，仔细看她的容颜，不禁想起了白居易的《长恨歌》里一句"玉容寂寞泪阑干，梨花一枝春带雨。"脍炙人口的诗句把杨贵妃比喻成带雨的梨花，写得无比娇柔和美丽。这样的诗句让我联想到京剧《大唐贵妃》中的唱词："梨花开，春带雨，梨花落，春入泥。此生只为一人去，道他君王情也痴……"一个传颂千年的爱情悲剧故事，一直演绎着生死难猜，用一生去等待爱的传奇。历经风霜，什川梨园的每棵古树又何尝只有一个故事呢！一个季节或许就会衍生一个故事，枝繁叶茂下隐藏着更多的故事。风吹过，又有谁来倾听？

一树梨花，一份希冀。一种风情，一片怀想。一个故事，一段意趣。砌下梨花一堆雪，明年谁此凭栏杆？梨花乃红尘之雪，站在梨树下，伫立红尘中，近望山无数，烟万缕。折一枝梨花，把心中柔情尽情地释放。我本以为忘了许多事，却发现更多的事情在深藏于心。因而太多时候，只怪时间太瘦，指缝太宽，流走的经年，让我于一次次在梦里把相聚盼望。梨花开，春带雨，间或清风吹散了细雨，薄雾吞没了炊烟。展开新叶里，只见一只飞鸟从山林中离去后，却再也没有回来。梨花落，春入泥，满目葱翠的山梁上，梨花染白了村庄，白色的花瓣，很可惜地落在地上。又是梨花盛开，往事如烟飘散，蓦然回首，物是人非，只有满树梨花依旧，只有满怀惆怅依旧……

梨花素面，流年一梦。人，总得要学会笑对沧桑，淡泊宁静。

曾经，我把流年剪成时光，婉约了一首青春。也许，所有的等待，只为了那一刻的尘埃落定，穿越绵绵不息的朝华夕暮。细碎的时光，已被我擦拭成美好的锦瑟，在心灵的门楣上低吟浅唱着流年。如若生命是一场慈悲的修行，就任柔情水意浸染我的沧桑流年，在光阴流转里，倚一帘丁香的浪漫，看繁花千树，清绝于我不断琢磨的文字。

花开四月芳菲时，梨花淡白柳深青。什川一个名不见经传的地方，却因古梨园而闻名遐迩。花开花落，人来人往，留下的不仅是追忆，更多的是自然的眷恋抑或是上苍的馈赠。梨花织就了一个又一个梦想，梨园陪伴了一代又一代人。梨树老了，梨园繁华了，人们的心浮躁了。沐着阳光，徜徉在梨园，此时的心应该是最静的吧！

万籁俱寂，唯有心跳。坐在梨树下，或许会有片刻的安静。静，是一种自然，一种唯美。幽幽阑珊处，月色朦胧间，如清澈剔透的小溪，融入静默如水的心扉；静者不惧，坦然面对，因果自律。心静无忧，静心才致远。寂寥，如一株梨花，安静，娴淑，不为谁盛开，不为谁凋谢，洒洒脱脱，云淡风轻。它以一种恬然淡定的风格娓娓阐释了生命和情感或深或浅的禅悟，如菩提般清澈、鲜亮、晶莹！一花一世界，一叶一菩提！所有的气息都是那么的安详和从容！时光行进，梨园不老。那一树一树的花开依然明媚，灿然绽放着，也许这一切美好的景象就是为了等待一场繁华的雪在飘洒，千寻万觅，相遇一场雪的重逢。人生就在一花一叶里，感悟着繁华和落寞，轻触着心灵柔软处的叹息，恍若隔世的悠然思绪，把往昔轻轻回味、放下，永远的搁浅在红尘深处，暗香昨日的诗情画意！从心到心有多远，天地之间。时光，既能让人爱到荼蘼，恨到惊心，也能让人不悲不喜，波澜不惊。唯有梨花，一季又一季，随风开随雨落，生生不息。梨花胜雪，一朵就够了，掬一朵期待的静美，就可以让我挥霍一生的真诚。

　　阡陌梨花白，寂寞落尘埃。此时的窗外细雨霏霏，相拥而开的梨花，你是否已随窗外的花瓣雨飘落？寂静的房间里，我敲打着梨花园中的感怀，梨花的开和谢，都别有一番略带伤情的韵致。细想，人生繁花似锦也好，落英缤纷也罢，俱都是不可多得的美景，也是太多对曾经的追忆。当远处传出了京剧"梨花开，春带雨，梨花落，春入泥"的词曲典雅，意境幽深，随着着回味悠长"二黄四平调"时，我的眼前仿佛又出现了洁白如雪的梨花在幽雅地飞舞……

　　一苇争流，心迹双清。就这样静静地坐在古梨园里，品茗嗅花香，跌入醉梦中！

心有暖阳

很多事情就像是旅行一样，当你决定要出发的时候，最困难的那部分其实就已经完成了。冬日里总有温暖的故事，让我们泪流满面。

一座城市，需要多久的文化滋养，才能散发出兰一样的幽香，不见花朵，就能知其存在；一群山峦，需要多久的积蓄，才能升腾起一片紫色的烟霞，在柔光的照耀下，青牛缓缓驮来万世的经典；一片翠柳轻拂大河水域，需要多久的等待，才能成就一段永恒的文明佳话，无论史册还是民间，都有其光芒闪现……

居住在城市的每一个人，是否都光明纯净，或朝阳初升般心怀希望，或明月朗照般淡泊宁静，身后又是如何反复咏唱的诗行与长歌……此刻，我们沐浴在书香和茶韵中。雪下到深处，会有一种幽蓝的声响。有些东西，属于这个时代；有些东西，则属于时间。一个作家的东西能在时间留下来，那才是文字的魅力。

这是一个听来的故事。冬日的一个清晨，我在寒风中穿个半个城市，来到一家温馨的书店。和我一起来的，除了朱零和叶舟两位诗人，还有从城市角落里的一些文学爱好者，聆听故乡的声音。我的好友著名作家叶舟说，兰州是开放的，也是一个移民城市；兰州是混血的，作为漫长前往东西方向的重要码头，有各种移植的文化，而移民和开放又衍生了混血的气质。故乡是每个写作者的心结。他勾勒了一个地理的、日常的兰州：深处于东方大陆腹地的一座旱码头，是青藏、黄土和内蒙古高原交汇处的一个起点、一个驿站、一座安详地静卧在层峦叠嶂褶皱深处的城市。这里饮食是粗线条的，在粤菜和川菜、徽菜以及火锅、麻辣烫等大举北伐之时，兰州本地的特色越来越显示出了粗犷和直率。其代表作就是手抓羊肉。清水里煮熟的鲜嫩肉块，不加任何调料。吃时，佐以大蒜瓣和椒盐，越是肥腻的肉块，越能吸引食客的胃口，大快朵颐。饭毕，特制的盖碗茶长驱直入，唇齿留香，回味无穷。秦腔声响起，羊皮筏子传诵的黄河歌谣夹带着牛肉面的馨香，这才是真正地道的兰州味。

尘世的生活乏善可陈，幸好文字里我们能找到点安慰哲理的话语。甘甜、醇香、浓厚、炽烈。是的，讲故事前需要说说生活。岁月啊，终究会让你伤迹斑斑，磨平棱角，却留下了独有的味道，那是无法复制的美。生活，是晨起暮落。日子，是柴米油盐。走过的路，经过的事，看过的风景，已经随着光阴渐行渐远，不必哀叹，也无需伤感。珍惜当下，恬淡随意地生活，便是浅浅的快乐。

黄河水依旧流淌，流走了日子，流不走的是记忆。一百多年前，一位名叫马保子的商贩不管寒暑，挑着面食担子，走街串巷地吆喝着。也就是这个名不见正传的人，竟然发明了日后享誉九州的兰州牛肉拉面。如今，兰州人一天的作息是从早上一碗牛肉面开始的。一碗面下肚，一般都会奠定人的信心。兰州人出外一般会理直气壮地集中在三样东西：《读者》、黄河、牛肉面。说到底，生活是每个人的日子拼凑行走的。

静静地伫立在冬的阑珊处，感受飞雪飘来的清冷，仿佛置身红尘外。心静了，才能听见自己的心跳；心清了，才能照见万物的灵性。故事就是从一碗面开始的。七八十年代的兰州，百业待兴，人们的生活才像破土的绿苗。那时，钞票、粮票、饭票、布票都与人们的生活息息相关。有工作的要靠粮本子，吃个牛肉面还得有饭票，不像现在刷个微信，扫个支付宝就可以了。所以很多往事，真成了段子。

生活就是这样，有的人细细品味慢慢斟酌，有的人举杯而饮一饮而尽，一样的茶不一样的心、茶虽同情不同；不论酒苦酒香、不管茶淡茶浓、不同的人喝出不同的味、不同的心品出不同的情；不同的交往也不同，以诚相待，真心拥有。

其实对于生活，每个人都有自己的体会和感受，我们以怎样的心情面对生活，生活便以怎样的态度对待，简单真实——这就是人生！

故乡，多么亲切温情的字眼儿，总是萦绕在我思念的心头。

故乡的冬日，朝阳冉冉升起，白雾萦绕萧瑟的树木。铺满冰霜的土路，上面碾过深深的车辙，一直延伸到路的尽头。还有左邻右舍的小伙伴们，你找我，我找你，一路上叽叽喳喳，一块上学去。男生的书包是绿色军用书包，女孩的书包多是家里妈妈手工缝制的，花花绿绿，有很多好看的图案，样子像枕头，又像荷包。书包里除了书本文具，还有用车内胎剪成的皮筋，铜钱和鸡毛扎成的毽子，童年真实好玩。最难忘的是轮流生火。那时学校的教室是土坯房，冷风飕飕地从墙缝里直灌进来，冻得人直打颤。一个教室两个炉子，前后各一。前面的小点，后面的大点。前面的炉盘是方的、土质的，好一点的是铁板的，可以烤馒头、豆子、饼子等。后面的没有炉盘，锥形直筒，只能在炉灰贮存室烤土豆、红薯等。由于家庭生活条件迥异，家境好的拿个白馍，将就的揣个杂粮馍，差的只能蹎着个黑面馍。馍的大小不一，颜色不一。但有一点是一样的：冻得像冰块，偶尔还闪着冰花。

要得到你想要的东西，最可靠的办法是让你自己配得上它。上课前，大家竞相将自己的馍馍放在炉盘上，炙烤成类似锅巴样的焦黄，掰下来扔进嘴中嘎嘣脆。有同学实在放不上炉盘或者准备偷嘴的，将馍馍塞在兜里，趁老师不注意，抠一块放嘴里融化充饥。出手笨拙的，不小心还会噎着自己。坐在炉子附近的孩子，上课时大多眼睛直勾勾地瞅着炉盘上的食物，看着黄色渐生，避过老师的眼神，冷不防地赶紧掐上一块，吞进嘴中尽量忍着不出声。恨得放东西的同学，牙齿咬得咯咯响。

等啊！等啊！漫长的等待！终于等到下课铃响，大家奋不顾身地涌至火炉前，纷纷寻找自己的食物。被掐了食物的同学指责"偷吃者"。拿错土豆的孩子，赶紧找个地方啃上两口。大家骂骂咧咧的，但手中总有一块吃的。抱怨声少了，多了此起彼伏的"嚓嚓"声，只要能果腹就可以了。日子过得恓惶，但感情是真挚的。其实，谁都心里明白"偷吃"是为了解馋。拿白面馍的孩子，心底里是愿意让拿黑面馍馍的同伴吃一口白面馍；拿土豆或豆子的也想让拿白面馍的孩子尝个鲜。大家都心知肚明。嘴上不饶人，心里都明晓。

日子就这样在你推我搡，你骂我喊中度过的。物质匮乏，精神富裕。唯有炉膛中的火焰燃烧得更旺，温暖的不仅仅是身体，更是很多人生活的希冀。

一连串动词写就一种未来，这个将来时的主语是我们每一个人。门就在那里，推开或留下，未来开始分岔，就看你的方向在哪？

俯拾岁月的沉香，浅摹流年。指尖，流泻的淡暖清欢，在轻轻落地的时刻，都绽放成无言的温柔，渐渐有了慈悲的模样。我和同学们生活在河西的农村。对于兰州城里的孩子，生活条件会相对好些，有些人每天可以喝牛奶吃面包，甚至拿着饭票去吃臊子面、包子、油条、豆浆……哦！还有牛肉面。每天路过牛肉面馆上学的孩子，总是探头看看，咂咂嘴，放慢了脚步，好像在寒冷的日子里吃上碗牛肉面，暖暖身子，解解馋，那才是最幸福的事。由于生活条件所限，很多孩子只能闻闻溢香的牛肉面味，留恋的脚步被即将上课的钟声催促着极速前进。

生活不止眼前苟且，还有远方，指缝太宽，时光太瘦。那时的孩子，只能用优异的成绩换取梦寐以求的东西，比如棒棒糖、钢笔等，最奢望还是好吃的东西，多希望自己手里有张饭票，去吃个牛肉面，灭灭馋虫。由于物质生活相对贫穷，大多数人只能画饼充饥，望梅止渴了。

时光是美好的花朵，如能将喜悦和安生常驻心底，即便心头花落尽，眼角依然有微笑，便是岁月给予最美的妆容。日子久了，很想闻闻牛肉面的孩子一时间竟成了弄堂里或街道旁牛肉面馆门前的张望者。

最美的风景，不在终点，而在路上；最美的人，不在外表，而在内心！让人生所有的遇见，都成为一种美好！

"娃手里有个馍呢！"看得久了，牛肉面馆的老板娘一边打杂，一边对老板喊道。老板呢，总是很默契地叫学生娃坐进来，美其名曰暖暖手。顷刻，一碗热腾腾的牛肉汤，飘着翠绿的香菜和蒜苗端过来了。娃娃们会心地笑了，从兜里摸出馍，掰开丢进碗里，浸泡一会，然后狼吞虎咽地吃起来，真香呀！好暖和！

"娃手里有个馍呢！"这句话很快在一些牛肉面馆传开了。于是，在兰州街头的牛肉面馆总能看见揣着馍馍的学生娃。

一饭之恩！朋友的孩子，现在身居国外。每次回兰，做的第一件事就是提着大包小包，去拜访曾经恩惠牛肉汤的老板娘。昔日的老板娘，如今很多都成了奶奶。经营的牛肉面馆，早已改头换面，逼仄的小饭馆阔气了很多，好多都是老板娘的后人们经营者。老奶奶想不起看他的小伙子，不禁会问："你认识我吗？""你曾经看见我手里有个馍，总是给我舀碗牛肉汤呀！好香的汤……"老奶奶陷入了沉思中，脸上的笑容却是那么甜。

幸福的生活总是相似的，不幸的生活各有各的不同。其实，我也曾受过这样的"境遇"。但与朋友孩子不一样的是，我在大学期间。由于家庭生活窘迫，我总是一个月就有好几天断粮。虽然穷尽办法，现实毕竟现实，书本上的文字是抵挡不了饥肠辘辘的。微薄的稿费，满足不了长身体的胃口。有时，一周手中不到十元钱。一碗牛肉面三元，舍不得吃。为了充饥，只能厚着脸皮，买个五毛钱的大饼。要一碗牛肉面，吃完面，加汤、泡饼子，一天就这样将就过去了。好在这样的生活很快就过去了，但留下的记忆却是很深刻的！

日子就是这样的真实！当你的物质生活满足时，精神也许会匮乏。生活精彩时，各种层出不穷的精彩；生活落寞时，各种难以逃脱的落寞。你可以一辈子不登山，但你心中一定要有一座山。它会使你总往高处攀登，使你总有奋斗的方向，使你一刻抬头都能看到自己的希望。

"娃手里有个馍呢！"在这个寒冬，在诗意荡漾的金城，又讲起这个故事，心中泛起阵阵涟漪。是的，若是灰烬也就罢了，偏生这灰烬还偶有火星一现。这就让人为难了！的确，只能平静地接受命运的恩赐或折磨，就像鱼接受河流，不管它清澈见底，还是浊浪排空，鱼都会在河里游来游去。顺从的意志不是一个理性思维对问题求解后得出结果，但每个人给与你的恩泽，那是必将感恩一世一生的。

沐浴食粥，温暖无忧！

心有暖阳，满目芬芳！

兰山烟雨

　　这是两度上皋兰山了，尽管气喘吁吁，狼狈不堪，两腿发颤，但还是到了山巅——三台阁。不久前是乘车上去的，不累，很惬意！和友人观摩了文化长廊的书法楹联，收获颇多。假日，和家人徒步而上，一路攀登，耗时三个多小时，一步一蹒跚，最终也抵达了三台阁。

　　皋兰山是兰州城区的一道屏障，莽莽苍苍，西达龙尾山，东至老狼沟，形若蟠龙，盘桓迭宕。"高度蜿蜒，如张两翼，东西环拱金城，延袤二十余里。"从两千多年前，匈奴趁秦灭六国之机，大举南下，逼近黄河一线后，站到黄河边看到山非常高，谓之"皋兰山"（简称兰山），自此便叫响了。高，实在是高。海拔两千多米，山比天高，脚比路短；峰峦叠翠，地势险要。山巅上最耀眼的是三台阁，这是一座四角都挂满风铃的阁栈，原名魁星阁。依阶而上，登楼一览金城风貌，日新月异，高楼林立，城市生长。

　　攀登兰山，是从五泉山开始的。穿过熙熙攘攘的人群，越过一座又一座庙宇，走马观花别致的风景，还有名胜古迹，耳边梵音缭绕，眼前草木禅心。过了掬月泉，步入征途。没有石阶，没有栈道，一路蜿蜒向上的都是土路，九曲十八弯，看不到路尽头。尽管已至暮秋，山上灌木丛林依然郁郁葱葱，亭台楼阁精神抖擞，爬山的人像蚂蚁一样渺小。

一层秋意一层寒。兰州的秋大抵是因为风裹着雨从黄河而来，格外的美。兰州的秋，也得从兰山烟雨中去寻味。一场雨后，酣畅淋漓，银杏、雪松、垂柳、山榆……很多叫不上名的树木和花草，在我们身边兀自葳蕤。

一路向上爬，一路再鼓劲。任由蝉鸣，丘壑起伏，无心尽享秋日的斑驳。老人、孩子、女人、男人起初跃跃欲试，精神十足，可急急赶不了三五百米，就已累得瘫倒在树丛中，一个个脸发白，面潮红。每逢下山者总是在问还有多远，答曰：不远不远，再爬几个弯就到了。继续攀爬，不绝于耳的清脆之声袭来，婉转和悦之音随着秋风拂面。只有向上爬，才会有声响。只有爬，才会让这寂静厚重的山谷才有实在的声响。埋头向上，一步一步向上爬。爬呀，爬呀！欣赏景色，脚步力乏，总想着什么时候才能到达。体力达到了极限，山顶不知距离脚下还有多远。云深不知处。煎熬，唯有攀爬者才知其难。好不容易，爬到山腰，驻足其间，神清气爽，尘虑顿失。

大汗淋漓，精疲力竭，依然蹒跚向前。向上，是奋进者脚步的追逐。身旁的老人和小孩虽然体力不支，但一个个鼓励者相互攀爬。"快到了，快到了！"，大家互相鼓励。世界上最远的距离，从身体到内心，精神的愉悦在于关闭外面的世界，内心可以丰盈。此刻，我们内心无比坚定，不到山顶不罢休。以至于攀爬一段就得休息一阵，这也许是平日不锻炼的结果。

爬山，和人生是一样的。如果你能走正确的道路，正确地思考和行动，就能在一种幸福的平静中度过一生。无需思绪紊乱，此刻树木为你点赞，同行者为你助力，有什么理由不继续攀爬呢？半途而废，那是可怕的思想，没有一个攀爬会止步前行。坚持，终会走向胜利。

　　一路的跋涉，终于看见了栈道的栅栏。希望，就在眼前。精神为之一振，脚下顿时生风。好不容易到了，却被一旁的游客告知，仅仅爬了三分之一。哦！人生何尝不是如此？你不迈进，难道脚下的路会延伸？心中有目标，脚下有方向。稍作休憩，继续向前。此刻的山路成了栈道，虽有跌宕，但好走多了。向前走，继续向前走。蓦然，沿途的石壁上四个遒劲大字挡住了视线：兰山诗话。越步向前，一首首与兰州有关的诗词，被镌刻在石壁上。诗句铿锵，书写有韵。一路走一路念，间或听到有人错念或念错，一旁纠正的声音互不相让。看看走走，不觉间栈道间豁然开朗，一隅玻璃栈道吸引了更多人的双脚。颤栗甚至惊叫，但是猎奇的心还是将游客的脚步吸引过来。或站、或坐、或拍照，嬉笑中人们留驻了惊魂一刻。

　　此时，危险竟成了欢笑。略作休整，一路向上。沿途的岩壁又换了画面：古铜色卷画次第展现了大漠丝路行进者的故事以及兰州古今奋战之歌，让行进的脚步多了思绪。不管是浏览，还是细观，脚下的路一直宕延。栈道尽头，终于到了二台阁。哦！满血复活中，行程已过了三分之二，甚好！人一旦有了前进的目标，不管路途如何艰辛，脚步就会完成征途。付出的路上，总有别人看不到的风景。

　　登上三台阁，一览兰州城。沿途的游客，基本拒绝了一旁吆喝"坐车上山"的村民，都竭力而上。不时，千米长廊前聚集了攀爬者，向着目标进发！大人、小孩拾阶而上，目光所及处，便是一眼望不到头的长廊，红色的柱子，绿色的护栏，靓蓝的梁雕，勾檐斗色，凉蓬覆上。台阶复台阶，脚步已迟缓。虽然石阶比土路好多了，但是向上的台阶也不是那么好爬，不觉间，腿肚发酸，脚步懈怠，越上越难，大多人依柱而休。生活中，看似平坦之路，也须付出。如果不努力奋斗，再平坦的道路也走不出锦绣前程。

"还有多远，实在走不动了。""再坚持会，马上就到了……"一问一答中，继续向前走。尽管腿好似不在身上了，但是走走停停，老幼仍是登了一阶又一阶。耳边忽然传来钟鸣声，人们不觉惊呼到了山巅。其实不然。一个亭子豁然洞开，沿栈道而上，原来到了兰山钟院。疲惫的人们顿时精神抖擞，一个个来到大钟之前，撞上三下，钟声飘远，洞彻耳畔。出来钟院，继而上行，眼前的廊亭多了，书写在柱子上的楹联历历在目。文字隽永，书法迥异。

蜿蜒而行，眼前被一亭阁遮住，移步向前，原来真是到了三台阁。大家疾呼："终于到山顶了！"一个个鱼贯而上，留影为自己喝彩。阁楼旁竖一巨石，欧阳中石书写的"三台阁"三个红色大字在阳光的照耀下熠熠夺目。走进"兰山烟雨"，在这里聆历史跫音，尽览书家瑰宝，楷草隶篆，笔底生澜，别有情越。墨香犹存，文意生惠。书者尽情狂泻，观者凝神聚气。烟雨楼中，文墨竞香；烟雨林中，谈笔风生。禅池、飞瀑、千步廊、暮鼓夕阳……云天石径，万物竞翔，人在画中游，秋意何惆怅。草地旁、长廊中、亭台前、流水处……人们纵享自然，释放心灵。

偷得半日闲，佛前听梵音。热闹是大众的，我是喜欢静寂的。不经意间，我走进普照寺。木鱼声中，焚香点灯，愿作佛前一盏灯，或盛开的一朵莲。

清净，源于心静。

下山时，暮色苍茫。一场雨不期而至，兰山缥缈在雨帘中，若隐若现，别有景致。烟雨中的兰山，更加秀峻挺拔。

登高望远，人生无止境。

怒放的生命

沐着微风，走进苦水觅甜蜜。未见花容，已闻芳香。一条长街横贯，遍野阡陌，这里曾是丝绸之路必经之地。苦水盛产玫瑰。循着花香，一路走去，玫瑰树竞相绽放，鲜艳亮丽。在朝阳的映衬下，红的火辣辣，紫的多情姿，白的独绰约，黄的显婀娜，粉的亮嘟嘟，黑的少暧昧……

此刻，我置身于玫瑰花海，馨香扑鼻，彻底陶醉。一望无际的玫瑰羞红了脸，低低艾艾，窃窃私语，对我们的贸然到来或许有些意外，像是惊扰了美梦。

苦水，镶嵌在丝路古驿第一站——永登。西出兰州，越黄河波浪，溯庄浪之清流，三里玫瑰村，五里梨花店，一派世外桃源。

落英缤纷处，香自苦水来。让苦水人引以为豪的就是这带刺的玫瑰，怒放的生命。这里种植玫瑰的历史有近三百年，种植面积逾两万亩，与山东平阴是中国玫瑰的主要产区。一到花季，十里之外，玫瑰溢香。在这里，你不仅能懂得玫瑰的甜情蜜意，还能看到别样的风情，更能品味到大自然赋予苦水的瑰丽与怡美。

迷人的苦水，俨然花美人羞涩般地被熙熙攘攘拥抱着，让南来北往的过客顾盼神离。苦水，一个神话，一个爱的故事，一个向往的情愫，一个圆满和谐的寄托和依恋。苦水，有山有水有景的灵气之地。玫瑰，有情有意有爱的吉祥之宝。狂野的风吹过，笑弯腰的玫瑰树尽情地吟唱，妖媚溢香。

一花一世界，一水一城廓。关于苦水得名，清朝乾隆年间编著的《甘肃通志》中记载：其地产销，水味稍苦而得名。还有一种说法：苦水原名古水，由"古河"庄浪水得名，各有其说，不究其名。苦水不苦，如今的日子甜蜜红火。

玫瑰从何来？据载，清朝道光年间，苦水有个名叫王乃贤的秀才赴京赶考返回时，从西安带回数株玫瑰，栽在自家花园，由于土壤气候适宜，枝多花繁，浓香袭人。家家户户竞相分株移栽，不过数年，房前屋后，厅堂院落，都载满了玫瑰。

我们边走边赏，树丛中戴着口罩和各色头巾的妇女正在采摘。她们全副武装，只露出两只眼，注意力集中在花蕾上。分枝、分拣，手艺娴熟。花蕾装篮，来来去去，一行一行，也就十多分钟吧！装满一篮，倒在袋子里，继续采摘。难道她们不怕刺吗？刺，已视如无物，花才是她们生命的延续和希冀。玫瑰价越高，心里越暖。这是本质，这是需求，这也是生活。如此真实，如此简单。

人的想法一旦简单，生活或许会更美好。

生存之本，每个人都得适应环境，生物也不例外。纷争、向上，才能怒放生命。温室的花，不会太香；安逸的人，不会向前。逆境中生存，愈挫愈勇。心小，小事变大；心大，大事变小。人心为善，本性使然；一味纠结，逆来顺受。为了生计，人们努力地释放自己最大的能量。采摘玫瑰的那些农妇们何尝不是如此？要赶在花期衰败之时尽可能全部完成，这仅仅是为了有个好卖相，多换回几个银子，贴补生活，酝酿日子。

花开花落，香消玉殒。如何让花期不长的玫瑰长久飘香，淳朴的农妇们也多了智慧：把花融入生活。我们随便走进一家农户，可以看到窗台上摆放着装满玫瑰酱的瓶瓶罐罐。"一斤花瓣，一斤白糖，用手搓到玫瑰和糖融于一体，装进玻璃器皿，压瓷实，太阳底下暴晒发酵半个月，玫瑰酱就做好了。越晒越好，存放越久味道越好，就像你们读书、喝酒一样，味从久中来。"一旁看我们端详"稀罕"的农村大嫂话简意深。不由分说，我们忙不迭地每人买了几罐，这对农人也许是一种敬重吧！

　　赠人玫瑰，手留余香。瞧！玫瑰姑娘们在做游戏呢！在阳光中，玫瑰迎着微风，笑了。它们中有的左摇右摆；有的仰面朝天；还有的前倾后仰，真是美极了！

　　"芳菲移自越王台，最似蔷薇好并栽。秾艳尽怜胜彩绘，嘉名谁赠作玫瑰。春藏锦绣风吹拆，天染琼瑶日照开。为报朱衣早邀客，莫教零落委苍苔。"唐代诗人徐寅更是写出了玫瑰的意蕴。瞧！花开了，玫瑰花开了。那一朵朵火红的玫瑰花，红的如同火焰那般鲜红。一片片火红的玫瑰花，是那样的有活力、有生机，它的火红，感染着从此经过的每一个人。玫瑰，拥有着满腔的热血与激情。这就是玫瑰，在真情中诞生，在真情中离去，却永不忘恩，付出自己去渲染别人。玫瑰的馨香也萦绕在每个热爱生活的人之心间。

黄河岸边有我家

黄河水又涨了！平日凫游的野鸭也少了，就连湿地公园里的木栈道也被黄河水浸没了。一些杂草和树木在河水中奋力挤出向上的样子，岸边驻足的行人只是呢喃：河水又涨了，最近雨多的缘故吧！两岸的树木也仿佛"喝饱"了，愈发茁壮，愈发苍绿。

黄河，是兰州人引以为豪的母亲河。河两岸的人每天忙碌着自己的生计。"去河北接娃呀！"乍一听，尤其是一些外地客人突然傻了眼，还以为去数千里之外。实际上，大伙口中的"河北"指的是黄河北面。如果说，南边有气势恢弘的皋兰山，那么北边就有人文悠远、声名显赫的白塔山。河南岸是金城繁华之所，人来人往，熙熙攘攘；河北岸正焕发新姿，郁郁葱葱，生机勃勃。

两岸的人都是喝着黄河水长大的，都喜欢吃牛肉面。每天都能听到高亢激越的秦腔声，也勾起了人们无限的眷恋。南北滨河路黄河百里风情线，也被称为"兰州的外滩"。两岸树木葱茏，花草争艳。

夕阳西下，黄河落日，倒映在河面上的红日，金灿耀眼，一切顿时安静了。此时的黄河，静静的，没有白天的翻腾和咆哮。我伫立在岸边，凝视着平静的河水，任凭缕缕清风抚摸。极目远眺，大河东流，很多记忆随水而逝。

记得女儿小时，我常在晚饭后或是周末带她到黄河边散步。她喜欢在河边捡石头或挖沙子。一玩就是几个小时，我只能默默地看她玩得不亦悦乎。小孩有小孩的乐趣，大人有大人的痛楚。我坐在河边，任由思绪驰骋。黄河岸边留下了女儿成长的印记，也留下了我斑驳的记忆。有一次，为了让女儿背诵唐诗，一时兴起，竟然将她置于岸边护栏的一个水泥墩上（其时，她不过三岁多），在战战兢兢中，她竟然一字不落地背了好几首，将她抱下来时，我的脊背早已是湿透了。河堤下是滔滔黄河，流水汤汤，稍有不慎，遗憾的不仅仅是终生了。

黄河岸边也留下了女儿甜蜜的童年。为了让她玩得尽心，专门购置了铲子、水桶、刷子等一应物具。一会儿，她在建城堡；一会儿，她在挖水渠。总有她玩的新花样，只要高兴就好！

女儿逐渐长大了，和她去河边散步的机会越来越少。在岸边她不在捡石头、挖沙子了。她会盯着河水发呆，或者一个在栈道上凝望落日。少年心事当拿云。随着年龄的增长，我也喜欢一个人在河边走走。好在我家离黄河很近，过条马路就到了。有时，懒得下去，走到平台上也能看到东流的黄河。

日复一日，年复一年。黄河经久不息，而我们呢？在河边，或清晨，或傍晚，我总喜欢找个安静的地方坐下，看着水中嬉戏的野鸭，水面上掠过不知名的鸟儿。也会凝视一棵独特的树或一株无名的水草，一任时光流淌。彼时，什么也不想，只是静静地坐着，看着河水远去。

有时，心情不畅。走出家门，我会沿河而上。走呀走，一走两三个小时。疾步走，或者走走停停，从西向东，沿着河水流淌的方向。走到实在走不动了，找个地方歇脚，不管是春夏还是秋冬，伫立在风中。河水依旧向东流，心中的烦扰也会随波逐流。

家住黄河边，有事没事总想去溜达溜达。

第二辑　丝路传来驼铃声

千年一信

　　这是一封永远都收不到的书信，不管是过去，还是未来，至今已经一千七百多年了。风沙埋葬的故事，尘封却又幸运地展现在人们面前，不幸的是这封信的主人——聪慧痴情的米薇早已化作香魂。其苦苦期盼带给丈夫纳奈德的那封信，如今却静静地躺在大英博物馆里，任由人们去想象和讲述那个凄美的爱情故事。

　　我聆听这个故事是在草木葳蕤、葡萄溢香的收获季节。在沙漠深处"一滴水"的建筑里，这里上演着《又见敦煌》。灯光突然暗淡，人们屏住了呼吸、凝神。一隅脚下的"舞台"在人们惊讶中灯光渐亮，柔柔的展开，一个"沉睡"了千年的女子就这样呈现在眼前：面庞姣好，皮肤白皙，秀丽委婉，恰似皎洁的月光，扑朔迷离。同心却离居，思念令人老。这个女子就是米薇，此刻她突启朱唇，柔声细语："我美吗？我美吗？我美吗？"一声声，勾起了人们对这位神色幽怨女子的无限遐想。

　　米薇出生的地方叫撒马尔罕，是今天乌兹别克斯坦的第二大城市。当时，是罗马与中国丝绸之路上的交通枢纽，异常繁华。她随经商的丈夫来到敦煌，随后寓居，丈夫游商，杳无音讯。

永嘉三年六月二十二日的夜晚，好久没有收到丈夫回信，这位思夫情切的女子辗转反侧，难以入眠。天将于晓，她还是睡不着，索性起身，决定再写一封信。在红烛摇曳中，她提笔写道：我亲爱的丈夫纳奈德，我一次又一次地给你写信，但从未收到你的回信，哪怕一封也好！我对你已经彻底失去了希望。我所有的不幸就会为了你，在敦煌我等待了三年，三年呀……

瞬间就是一年，转眼就是一生。娟秀文字书写的信件或许就是思念的泪珠，也或许是秋叶凋零不知飘向何处？更或许只能化作彼此久久的思恋。每个人爱的骨子里，都会有一些奢靡的野性，一些骄矜的高贵，都希望对方能够以独特的方式释放自己的野性，满足自我的高贵。而浪漫，就是给了奢靡的野性以灵动的豪放，就是给了骄矜的高贵以诗意的排场，就是给了最厚的痴，以及最深的醉。然后，如痴如醉。

其实，那天晚上只有天知道那封信是不会交到纳奈德手上的。因为，信使在去往撒马尔罕的路上被黑风沙给吞噬了。他死在玉门关边，在厚厚的黄沙下，随之一个爱情故事也被掩埋。让人意想不到的是，米薇的信与其他七封商务信件绑在一起，在公元 312 年的某一天，被遗落在沙漠深处烽燧的夹缝里。

一切都是那么巧合，一切又都是那么真实。

米薇和她忠贞的爱情一起被黄沙沉埋。

浸满岁月的泪水，虽然充满了怨恨和悲叹，还有深深的爱。但那封信真的是没有收到，恐怕直到俩人离世都想不到。不甘等待，唯有戈壁的风在呜咽。黄沙吹过，一切又归于沉寂。

时间是最好的记忆。过了多年后，机缘巧合，这封信竟然被英国人斯坦因在敦煌附近的烽燧意外发现了。一封久违的信，还有被黄沙掩埋的爱情故事。因了这封信，我们才知道历史上还有一位名叫米薇的粟特女子动人的故事，一个旷世奇缘的悲剧故事。

人生四季，春去冬来，夏炎秋凉。年年轮回，岁岁朝朝。生命呢？长不过黄河，高不过苍松。其实，生命不过三天：昨天、今天、明天。昨天如水，逝而不复；今日犹在，悄然流去；明日在即，来之忽走。生命也不过白昼与黑夜，交替更迭，岁月如梭。人生有爱，日月生情。生生不息，两情相悦，才能开启美好的生活。日子，慢；日子，快。

从前慢，马车邮差跑东颠西，送南转北；现在快，分分秒秒，天涯咫尺，瞬间万息，指点之间。面对面，话难说，一个信息，或许彼此就在对面，撒谎也不会脸红。

千江有水千江月，万里无云万里天。

一个女子来自西方，一个男子守在东方。一个是贵族闺秀，生就优雅；一个是大漠深处的画匠，终究木讷。两条平行线竟然交会一起，或许是上苍有意的安排，让他们不远万里相遇，彼此欣赏，彼此相爱，又让他们分离。问世间情为何物？直教人生死相许！

这个故事耐人寻味。女子名叫罗曼，男子名为刘沙。或许是艺术的魅力，也许是爱的力量，更多是心灵的相通吧！他们突破了语言的障碍和地域的界限，两颗心紧紧地叠在一起。最终因为世俗的束缚，两人抱头恸哭，泪水充盈了月牙泉，哭声震撼了鸣沙山。"不能走，不能走……"但罗曼还要回到法国，去接手家族的事业。依依惜别，心灵交瘁。最终，他们约定十年后相见相爱。

爱情的力量是伟大的。罗曼离开后，刘沙惶惶不可终日，每天呈现在眼前的都是罗曼陪他画画的身影，还有音容笑貌和万般纤柔。罗曼万里飞鸿让一蹶不振的刘沙倏然焕发了生机。他重新抖擞精神，要让手中的笔将莫高窟的飞天画出神韵，然后去法国办展览，给心上人一个完美的回答。他给罗曼写了一封长长的信，也把他的相思也拉长了。一年，三年，五年……草青了，又黄了；风吹来，又吹去了。整整十年的光景，为了一个诺言，刘沙除了间隙吃喝，备好生活用品外，他就守在莫高窟的洞里，静心精心，仔细观察，悉心揣摩，反复临摹，多次研习。从春天画到冬天，从雨天画到雪天。功夫不负苦心人。终于，他的脸上露出了灿烂的笑容——终于成功了！一个秋日的上午，刘沙迎着光辉万丈的朝阳，走出了洞窟，将倾心的画作带好，远赴法国。

你要不离不弃，我必生死相依。

此时的法国，梧桐绽香，金色绚丽。罗曼为了这个美好的约定，十年间除了打理庄园和生意，更多时间是想念刘沙的。她在三年前就预约好了法国艺术馆，给自己心仪的中国画师一个体面的展览和惊喜的回答。十年了，十年了……罗曼拿出离别时刘沙送她的夜光杯和她用十年时间精心酿制的葡萄酒等待着。斟满酒，端起杯，干杯，一切就在琥珀色的琼浆玉液中。一杯酒可以诠释相思愁，一杯酒可以凝聚所有的情感。葡萄美酒夜光杯，声声呼唤情难抑。

画展如期展出，刘沙技艺精湛的敦煌画，独特的风格和深厚的文化底蕴吸引了在法国的各国艺术家，知名媒体也是大篇幅的报道。一时间，刘沙闻名于世，作品备受关注和青睐。一个月后，刘沙终于说服罗曼，一道回到敦煌——他们梦开始的地方。

在敦煌，一对相爱多年的情侣终于牵手。刘沙仍然痴迷和沉醉在莫高窟里，悉心精研画作。罗曼从熟悉语言开始，她还将从法国变卖家产的资金购置了土地，种上了从法国引进的葡萄，期待有好收获。

金秋，葡萄熟了！粒粒饱满的葡萄，象征着她们爱情的结晶。罗曼是个能干的女人，她从法国还带来了酿酒师和设备，开始在敦煌酿制葡萄酒。她和刘沙还给葡萄酒起了个很好的名字：明月。举杯邀明月，低头思故乡。鸣沙山和月牙泉也印证了他们完美的爱情。一杯酒，一生情。最是那醉人的葡萄美酒，还酿造了甜美的爱情故事！

谁能抵得住千年，千年不过一瞬间！如果说，米薇给纳奈德写的那封信是痴心的醉恋，苦苦相守，将恋人间的爱诠释得淋漓尽致，那么罗曼和刘沙更是将人间真爱演绎得让人潸然泪下。一千多年过去了，一封信依旧在诉说着一个动人的爱情故事，也是人间最平常最朴实最真挚的爱！

泰戈尔说，世界以痛吻我，我要报之以歌！刘沙和罗曼的爱情故事也是一纸相盟。他们的爱热忱而又炽烈，真实而又坚韧。爱是相随，情是真挚。一生相守，万世情缘！

如今，敦煌芬芳葡萄溢出的依旧是美丽爱情馨香！

如今，葡萄美酒沁出的仍是惊艳旷世的爱情甘露！

情，依旧！爱，永恒！

千年穿越

红日冉升，三危山霞光万丈；斗转星移，莫高窟历久弥深。

敦煌文化深邃博大，相交以情道契于心，温暖遇见镌刻一生。

在袅娜的敦煌乐声中，我不仅仅看到了巍峨峻拔的莫高窟九层楼，还看到莫高学堂掠过一张张灿烂的笑脸。

时间是一种势，可以删除一切沉渣，也可以淬炼一切真知，更可以留驻一切美好。夜空只有暗透了，星光才会愈加璀璨，历史所代表的时间之轴就是精神。莫高文化，让心灵之旅得以升华。

遇见，是一种美，是刚刚好。灵魂若可以相契，便是一种罕见的缘。若懂，不说，也懂；若不懂，说了也不懂。瞧！一群孩子着敦煌服饰，手拿艺术作品缓缓而来。三五个在舞蹈，三五个在拨弦弄箫，沉浸在敦煌仙乐和伎舞中，好似敦煌壁画中翩翩而来的飞天女，犹抱琵琶震尘嚣。

这是在莫高窟前。摩肩接踵的人们更多的是一种好奇和走马观花。走进艺术圣殿的不都是艺术家，更多的是围观者。跋涉千里，不及眼前所观。就像旅游，乌泱泱一片，追逐的并非景观，更多的是一种放逐心情而已。来到敦煌，除了莫高窟、鸣沙山月牙泉、雅丹魔鬼城、玉门关、阳关、党河风景线等景致，更多的膜拜者是来聆听历史的跫音。假以时日，总会自诩去过敦煌。

这一生，注定有些事是必然要经过的，逃也逃不掉的，比如敦煌。从诞生那一刻，敦煌就注定是世界的一个博大而幽深、显赫且有独立的存在。其丰富的地理、厚重的文化、多元化的宗教气息，独处边塞的落寞与繁华，超越千年的沉重与曼妙，飞天曼舞的伎乐人，历史的沧桑，一切都在久远而又仿佛在眼前。

敦煌是一个梦，敦煌更像一首诗，更是一支令人陶醉的曲，让您聆听，让人追逐。敦煌的魅力是一种无形的精神感染，内涵丰富，独特幽秘，气韵强大，诚笃沉肃。

生命智慧，传承有道。最贴近自然和文化的星空宿营体验对于孩子来说，就像缤纷多彩的万花筒，他们都在用自己独特的方式去感知着。孩子无限的想象力，神奇而美妙。逐梦而来，梦想成真。在莫高学堂中，一片树叶、一株野草，质朴的绿意，延向孩子们求知的目光。咦！还有大人们也在学堂静心聆听，弥补对敦煌的无知和神圣的洗礼。

此刻，我们不妨选择走近敦煌。这或许是一场穿越历史的短程，也或许是一次唤醒生命的奇遇；这或许是一场独特的研学之旅，也或许是一次灵魂的皈依。这里有沧桑凄凉的古老意境，也有文化与科技融合的盛景。莫高窟承载千年的文化艺术，这里有精美绝伦的壁画彩塑；九层楼周身透着的金色光环，流进了圣殿，也点亮了人心。

不！我想，此刻就在敦煌，文随思动。一个书写者，特别用心。遇着，不期而会也！生命丰盈，万物有灵。以风声，以水响，我就在这里。膜拜莫高窟、越过鸣沙山、掠过月牙泉，穿过阳关，打坐雷音寺……静静地冥思，任风敲打，义无反顾地置身于此。笔尖流淌岁月，纸上抒怀苍茫。一任思绪流淌。天地之间，无非是栖身摇曳的一座驿站；人生无非羁心绊意的事情，或喜或悲，不过如此而已。能够在文字中行走，总是美好的。

在这里，我们不仅仅是观看，也可去描摹绘画，也能手工制作，当无限接近清澈的事物时，所有的日子都沾满了自信和幸福。丰盈人生，融入情感。在这所特殊的学堂里，跟随导师行走在艺术的殿堂领略敦煌文化的精深，了解丝绸之路的兴衰，收获新的知识。这是一场修行，更是一种传承和发扬。

想走进莫高窟，那先看看电影《千年莫高》和球幕电影《梦幻佛宫》，它们可以帮您揭开敦煌与莫高窟的神秘面纱，历经千年的悠久文化给以直面的视觉冲击，身临其境地观看洞窟建筑、彩塑和壁画，领略莫高窟博大精深的艺术。

曾记得有句话：等等灵魂。是在等待自己的灵魂，还是等待与有趣的灵魂终会相遇呢？对充满变数的未来，我一以贯之，顺其自然。一切不能随波逐流，也不能一意孤行，一切随心随缘。人生的平平仄仄中，因为有了遇见的温暖，所有的日子都沾满了露水和花香，在岁月辗转中不惊不扰，回忆中依然会写满敦煌留给的遐思和厚重。

时光一旦被注入了情感，就会变得留恋不舍；生命的旅途一旦融入了悲欢离合，就会有了分量。身临其境石窟文物数字化工程，才能真切感受千年石窟的历史沧桑，欣喜于现代科技赋予古老文物重生的力量，更能真正理解"敦煌石窟守望者"心中那份努力实现敦煌文物"永久保存和永续利用"的迫切愿望。这里不仅拥有历史的厚重感，而且还渗透着科技的时尚感。在这段旅程中，您会见证千年莫高和现代科技的相遇，也会感受文物数字化工作者为了留住遗迹真颜与时间的"赛跑"。这里停留一刻，或许您就会成为奇迹的创造者。

美丽而又古老的敦煌，暗藏着多少我们难以回答的谜团？来过莫高窟的人未必能读懂它，读懂莫高窟的人未必能留住它，因为它和我们一样拥有生命，既有生命，便有始终。我们想让"终"来得迟一点儿，就必须想办法来保护它、修复它、传承它。它神圣而高大，它是我们的信仰，更是我们的寄托。无论您此刻懂不懂它，都请和我们一起来留住它，是您内心的净土。如今，莫高窟已向您伸出了那双承载千年历史的双手，和我们一起来参观敦煌壁画保护现场，走近守护莫高窟的"壁画修复师"吧，这不仅仅是一次体验，更是一次与历史的对话。愿我们一起，留住它！

时光是最好的馈赠。莫高窟旁，胡杨树一直在经历着生与死的较量。它们无言，挺拔着一种向上的力量。不妨，您来这里浇一滴水，让莫高窟绵延万年，让您亲自栽种的这一棵胡杨树代替您陪伴莫高窟千百年。不朽的胡杨，会激励着您不断向前。

孔子曰："兴于诗，立于礼，成于乐"。千年后，到敦煌我们终于共赴了一场美与艺术的盛宴。在莫高窟的泥土与色彩的万般融合，时代与人文的无尽流淌中，融入敦煌历史文化中，曼舞轻柔，感同身受，沐浴艺术的阳光下，静享岁月美好。

山以险峻成其巍峨，海以奔涌成其壮阔。仰望星空，砥砺前行。美丽的焰花此起彼伏，升起在月朗星稀的夜空中。夜幕降临，那些前来学习的孩子们放声歌唱《转瞬就是一千年》，歌声激荡在星空中。尽情地唱吧！尽情地跳吧！我也置身敦煌艺术中，让时间拥有一种更为本质的力量，而人类在内心深处对这种力量存有敬畏。这里的星空是你的，我想！那一轮明月，一定也是你的！安静地去做一件事，让时间来说话。在这里，把您心中的敦煌幻化为现实；在这里，您和时间赛跑。真正的艺术是一场修行，脚踏实地精心沉淀，触摸敦煌，走进敦煌，感悟敦煌。

穿越千年，我们不虚此行。

穿越千年，追寻一种力量。

念念不忘，必有回响。慕学之旅，启智心灵。

千年莫高，经年一梦。敦煌有约，不见不散。

阳关绽放

桃花开了，是在阳关沙漠腹地一洼山坡下。一株、两株、三株……也不过十株左右吧！一树一树繁花，粉嘟嘟的，连寸草都难见的地方，居然会看见笑靥般的桃花次第开放，很是让人意外和吃惊。被沙尘侵袭过的眼顿时亮了，不远处"阳关遗址"四个殷红大字在阴霾的天空里熠熠生辉！

吴丰萍，一个土生土长的敦煌女子，历经岁月沧桑，从腼腆少女已成长为一个非常优秀的讲解员。循着她静水深流的声音，追随着张骞和班超的马蹄声中，在羌笛、胡笳声中去追寻，领略汉风唐韵。走进阳关博物馆，从一件件文物、一张张图片，甚至从一块块瓦砾中聆听久远的跫音。

作为汉帝国边防线上的一座关口，阳关已经远去，遗留的烽燧也是破败不堪，难以言表昔日的喧嚣与繁华。作为人们心灵中的期盼与憧憬，阳关却如一坛老酒，愈发醇厚。一提起这个名字，就让人沉醉。

大漠孤烟，苍山万仞。穿越茫茫戈壁，只为寻找那个氤氲在唐诗悲歌中的阳关。

出敦煌，一路西行，风沙悲鸣，戈壁荒凉。穿行在古丝绸之路，仿佛在历史的隧道中，一幕古朴苍劲的历史长剧渐渐上演，耳畔不时响起哀怨的胡笳羌笛、激越的鼓角争鸣。马蹄声声，大汉的飞将铁骑从这里奔腾疾行，绝尘而去；诗书琅琅，盛唐的边塞诗人联袂而至，引吭高歌……

饱经了两千年的风雨侵蚀，如今被岁月剥蚀的阳关烽燧，静静地矗立在眼前。没有威武的城门，没有雄伟的城墙，只有留驻在记忆里的遐思。

这就是阳关吗？这就是当年御敌千里的边陲雄关、通往丝绸之路的重镇要塞吗？简直难以置信。心目中的阳关，至少像嘉峪关那样巍峨高耸，气势宏伟；像万里长城那样，可以登临怀古，观瞻凭吊，一睹历史的壮烈风姿。

阳关，是中国古代陆路对外交通咽喉之地；是丝绸之路南路必经的关隘，位于敦煌市西南的古董滩附近。西汉置关，因在玉门关之南，故名，和玉门关同为当时对西域交通的门户。

千百年来，阳关一直亮丽地吟诵在唐诗和《阳关三叠》的韵律中。岁月的风沙只能无情地吞没昔日的雄姿，却无法湮灭辉煌的历史。站在"阳关遗址"前贪婪地凝望，企图透过历史的缝隙，寻找一丝残存的汉唐遗风。

古道西风，孤城遥望。我沉浸在诗意幻觉中，恍惚间，梦回大唐。

酒幡飘拂的亭榭，三位大唐诗人王昌龄、高适、王之涣，在此推杯畅饮，把酒问天，上演"旗亭画壁"的佳话。酒至酣时，四位梨园伶人唱曲宴乐，并约定以伶人演唱诗人诗作的情形定夺诗名高下。前三人唱得是王昌龄、高适的诗篇。最后压轴登场的，也是她们中间最美艳的一名女子，启朱唇，亮皓齿，演唱了王之涣的《凉州词》：

黄河远上白云间，一片孤城万仞山。

羌笛何须怨杨柳，春风不度玉门关。

三人听罢，相视大笑。王之涣也颇为得意。尽管王之涣的诗作大多散佚，仅存六首载于《全唐诗》中，单凭《登鹳雀楼》《凉州词》两首，足以傲视群雄，成为流传千古的绝唱。清代大诗人王渔洋曾列王之涣的"黄河远上白云间"为唐人七绝最佳。

酒正酣，诗意浓！此刻，我就坐在"王维"面前。英姿焕发的他粲然一笑，去也去也！斟满葡萄美酒，来个一醉方休。倏然间，心雨翩至。耳畔《送元二使安西》随着西风渐起：

> 渭城朝雨浥轻尘，客舍青青柳色新。
>
> 劝君更尽一杯酒，西出阳关无故人。

看！这哪里像是诗人在送别友人，这分明就是友人在送诗人呀！诗人王维正是高超地运用了这种逆挽的写作手法，籍助于时空的转换，将国家的安危、战争的残酷、朋友的情谊、人生的苦短紧紧地揉合在了一起，情景交融，达到了令人震撼的艺术感染力。

在许多羁旅者的心里，阳关不再只是苍凉边塞上的一道关隘，而是绵延千年的一种历史文化符号，盘桓在人们的记忆深处，留下了许多令人难以忘怀的情愫。

秦时明月汉时关。阳关是汉武帝经营西域时修建的，据《汉书·西域传》记载，汉武帝"列四郡，据两关"，新置了武威、张掖、酒泉、敦煌等河西四郡，下令修建了阳关、玉门关两关。自西汉张骞"凿空"西域之后，阳关便是中原通往西域的主要门户，守丝路之要隘，扼西域之咽喉，地理位置十分险要。

走一步千年，望一眼万年。

没有哪块土地，自然和人文资源能像阳关这样厚重内涵，丰富多彩。

山以贤称，境缘人胜。如今，阳关已经是一个文化符号，一种精神象征。向西，一望无际的戈壁和沙漠，铺陈着永恒的荒芜；向东，绿洲如带，葡萄如蜜。这样的对比，有恍如隔世的虚无感。生活在这里的人们，面对戈壁和沙漠，充满悲凉；躬身田野，又是那样的欢乐和自信。特殊的地理坐标，让阳关成为气场强大的文化磁石，一直都吸引着文人墨客汇聚于此。

行走在阳关，呼啸的风好似戍边战士的呐喊，抑或金戈铁马的哀鸣。一切远去了，一切又近在咫尺。

关隘湮没，丝路衰颓，阳关在历史的沧桑变幻中最终沦为废墟，成了"春风不度"的荒漠寂野。站在废墟前，我有种莫名的震撼：尽管远离了驼铃叮当、车水马龙的昔日繁华，但那些艰难跋涉、汗洒大漠、畅通丝路的开拓者们，依然鲜活地照亮汗青。是他们薪火相传、生生不息的精神，延续了阳关倔强的生命。而今，只能在博物馆中去聆听和透过画面去复苏那些远去的场景或者真真假假的传闻，毕竟历史覆盖了一切。只有顽强的骆驼蓬和风化的砂石见证着曾经的兴衰。

纪永元，阳关博物馆馆长。作为土生土长的敦煌人，他本来过着安生、富裕的日子，却非要在风沙弥漫的荒野灰头土脸地寻找历史，非要在阳关建一座博物馆，弘扬阳关文化，传播丝路文明，浩瀚的梦想让他付出了艰辛的努力，也让他实现了自己的抱负——让阳关博物馆在大漠边关熠熠生辉，照亮无数人前行的阳关大道。

古铜色的脸庞，沧桑遍布。与其说是汉镜，不如说是唐瓦。这个倔强的西部汉子，有着汉唐的意蕴，也有着匈奴月氏的坚韧。上世纪七十年代末，从小热衷于绘画的纪永元到敦煌县文化馆工作。几年后，成为小有名气的专业画师。后来，不安分的他自己创办了鸣沙书画社（后来的敦煌书画院），开始独立创作和创业的征程。再后来，沐浴着改革开放的春风，纪永元利用鸣沙书画社这个平台，通过举办书画展览、交流、讲座等活动，一跃成为敦煌市旅游界和文化界的领军人物之一。特别是善于继承和创新的他，先后融合敦煌艺术和贵州民间蜡染工艺，设计创作了"敦煌艺术""西域风情""汉唐遗风"三大系列的敦煌染画作品，雀跃于国内艺术界。

急流勇退。并非却步而止，应是胸怀向前。纪永元，这个平日里讷言敏行的追梦人，一语惊天下。他要建一座阳关博物馆，人们惊诧于他疯了。他，没有疯。这是他一直继续的阳关梦！

满血复活。说了就要去做。纪永元以愚公的满怀热忱，投入自己经营书画院的全部积蓄，又四处举债，开始在荒芜的戈壁滩上铸造文化伊甸园——阳关博物馆。经过四年多的艰苦创业，占地十万平方米的西北首家民营博物馆——阳关博物馆落成开馆。面对这座文化神殿，纪永元内心的激动、兴奋是难以言表的，他追逐多年的文化梦想终于成为现实。滑过秦砖汉瓦，他的血液再次沸腾了。通过不懈努力地文物征集，阳关博物馆内的馆藏文物达到四千多件，其中国家级文物达到七百多件，这不仅仅是保护，更多的是弘扬阳关文化、两关文化以及为敦煌文化储备了基因库。

阳关有了博物馆，千年古阳关有了可以触摸的文化印迹！

行进在阳关博物馆：张骞"持汉节而不失，凿空西域"，"苏武牧羊十九年"，班超"不入虎穴，焉得虎子"，霍去病"匈奴未灭，何以家为"；"醉卧沙场君莫笑，古来征战几人回"；"马上相逢无纸笔，凭君传语报平安"，这些古人的豪情壮志，激荡着每个参观者的心灵。

纪永元，阳关的守望者。此刻就静静地坐在我的面前，只是不时地微笑着，仿佛莫高窟里一座泥塑的沙弥，只笑不言。间或说说，还是绕不过阳关的过去、未来，真想不到他的头颅里居然装了那么多的"阳关"。如果酌酒细聊，恐怕会和他聊到日升日落，月落月升。

苍茫云海，大漠戈壁，一轮圆月挂在天际。月色初起，美不胜收。阳关下肃立的多了两个人：一个是纪永元，还有一个就是我！

有趣的灵魂只能独行。不知道张骞、班超、霍去病、王维、左宗棠等人会不会不高兴呢！反正我伫立在风中是愉悦的，因为要度牒出关，一路西行。

朔风大漠奇，长河落日圆。未至关内，张骞、王维两座雕塑挡住了我的路，喝酒还是吟诗？

阳关博物馆是一个遗址博物馆，展现的一草一木都是一种文化符号，采用环境艺术的手法能使阳关的历史遗迹和现代人文景观、人文景观与自然环境、文化内涵与外在展现的艺术形式、实用功能和文化展示相协调，以达到传统与现代、人文与自然、内涵与外在展现形神兼备和谐美的统一。

此刻，我就矗立在这些雕像前，攀谈是不会的，聆听是必须的！

好想凌驾于战车上，驰骋于疆场，或者排兵布阵，好不潇洒，意气奋发。兵荒马乱时，这里狼烟四起，飞檄传警，一时旌旗招展，鼙鼓震耳。

驼铃悠悠，旄节飘飘，一切终归平静。不为尘烟唏嘘，不为鼓角心悸。来到这里，你走你的阳关道，我走我的独木桥。不过，仅仅是一种说法和体验罢了。瞧！那一株株红柳，在黄沙弥漫中苍绿是那么的耀眼，枝干是那样的挺拔。此时，红柳也如火如荼地开起花来，在没有人烟的大漠中，它们并不孤寂，因为生命在倔强地绽放。大风起兮，呼啸更迭，红柳依然摇曳多姿。

驼铃声一波接一波，从汉唐响到如今，从黎明响到夜晚，叮当声中谱写着丝路强音。朔风似刀，阳关坚韧，群峰之上终年不化的是数千年来人们眺望的目光，如炬欲焚，炽烈刚劲。

敦煌的飞天，常在梦中舞动；阳关的朔风，常常把我吹醒。

远去的只是历史，留下的更多是思忖。阳关，除了遗迹，更多的是精神。阳光绽放在历史长河的岸畔，葳蕤暗香可有谁知道啊！深邃幽静中蕴含着厚重的册页，只能用心去静静地触摸，一页一页聆听久远的跫音。

氤氲湿地

在细雨中，我行走在张掖湿地公园。

潮湿的心，潮湿的城市，一切都是那么湿润。

湿地氤氲，如临仙境。

对于这样的天地大美，诗人曾将其写在纸上，学子将其吟在心上，游人将其追寻在诗和远方的路上。而我此刻，淋透心事，融入自然。

令人惊叹的是，千里河西，戈壁滩上，张掖湿地却把这一升级版的景色镌刻在了苍茫大地上。让人滞步难前，仅仅是清新的空气就将人留置留恋！

湿地出现在东北三江平原不足为奇，因为东北平原地势低洼，季节性降水比较多，并且有冻土层水分不易下渗；湿地公园出现在江南地区也不足为奇，因为江南地处亚热带湿润地区，降水量大且河网密度。甚至，湿地公园出现在青藏高原的西藏地区也不足为奇，要知道，西藏是中国湿地面积第二大的省份。

然而，在半干旱的内陆地区，千里戈壁蔓延。张掖，竟然也会有湿地公园。这真的是让人惊奇而且喜出望外了。

张掖湿地公园流水曲筋，荷叶田田，游鱼惊梦，飞鸟翔集。这里花开得热闹极了，欢愉了整个夏天呢！荷叶一直延展向天边，衍生在祁连山脚下；或白或粉的荷花和莲花点缀着大片的绿，活跃了这片生机盎然的色彩。各种不知名的花朵都竞相开放，白的、黄的、紫的……拼着劲儿绽放，在这个夏天尽情展现它们的婀娜风姿。湿地被各种花朵的颜色充斥着，五彩斑斓，让人心生愉快，好想大声赞美这些花朵，好想对这个夏天说声谢谢。若不是头顶的湛蓝天空和像棉花样的云朵，身处这片湿地公园中，真还不觉自己是在西北内陆。眼前的湖泊里有野鸭在自由地戏水，一只追着另一只，放不下也分不开。

"芦锥几顷界为田，一曲溪流一曲烟。"风很平凡，如果吹在夏天；水很平凡，如果是沙漠中的一泓清泉；雨轻轻飘，来得正好。一个活在当下的人，必须是个专注的人，他能够投入地爱人、做事，过着幸福的生活。若一味纠结过去，攀比现在，担忧未来，就会让自己活在懊恼、担心、焦虑的痛苦状态中。所有的苦楚都会成就更高的自己！就像雨中的芦苇，在战栗中愈加坚挺，翠绿翠绿的，给人向上的力量。

行走中，一片茂密的芦苇林如一堵墙挡在我面前。雨依旧下，湿漉漉的。我站在芦苇墙前，一比高低。

空气中水雾弥漫，还没看到湖水，就已经感受到湿地之"湿"了，浑身黏糊糊的，一层水汽仿佛就裹在皮肤上。风吹来，雨滴纷纷落在绿油油的水生和陆生植物上，氤氲蒸腾，雾霭袅娜，仿佛置身人间仙境。尤其是自由飞翔掠过水边的候鸟，更将美丽的画面点缀到极致，如梦如幻，令人叹为观止，陶醉不已。

"蒹葭苍苍，白露为霜。所谓伊人，在水一方……"这是古老的《诗经》中对湿地中恋人的描述。张掖的湿地公园也描绘了一派绿影悠悠，溪水沼沼，杂花生树，野草偎岸的田园野趣景象。在湿地的一隅，有一条长廊谓之：爱之恋。好浪漫的名字，这里的长廊有椅子，木质的长凳，两排，向西向东延伸着。恰一对恋人打着花伞躲进长亭，一个嗔怪着一个：这雨来得真不是时候！这雨恰恰来得正是时候，看他们互相依偎着，坐在长凳上，逗来逗去，平添了几分爱恋。老天成人之美！雨有点急，我走走停停，沐浴在其间，尽享这甘霖带来的喜悦。

"芦苇深处闻私语，栈道绵亘寻野趣。"水流从宽阔的水面层层溢出，蜿蜒于湿地植物群和自然石缝之中。精心设计的木栈道、亭、榭等构筑物点缀其间，实现人与自然的和谐共处。蜿蜒的游步道穿梭于生态林地间，忽而郁闭，忽而开阔，加之地形地貌上的丰富变化，形成婉转变幻的林地体验。休闲观景场地点缀于芦苇丛中，间或有珍稀特色树种，让人不由驻足观赏。芦苇丛中高大乔木，形成郁郁葱葱之势。漫步其间，心情豁然开朗，一切的不悦都随风雨飘逝。

氤氲湿地，灵动甘州。绵延的湿地中，白色的、灰色的、褐色的禽鸟飞翔着，偶尔还来几个让人惊羡的慢动作。观鸟塔矗立在湿地中，草丛中偶尔泛着光芒。

这里简直成了水的世界，涟漪泛波，水天相连，碧水蓝天，如出一辙。湿地在风的爱抚下，缓缓地呼吸。一望无际的芦苇在沼泽中，葳蕤地生长着。水鸟在这里编织着天堂的童话，草木在这里吟诵着久远的诗经。苇荡林幽，雄浑清丽。这是一个令人神往的世界。

这里生机勃勃，充满着一个又一个传奇故事。绿波荡漾，相互簇拥的芦穗，像一支支饱蘸诗情的妙笔，挥写着大地神韵，把整个湿地装扮得美轮美奂，那是一种无尽的美，难以名状。浩浩荡荡的芦苇，密不透风地挤挤挨挨，一碧万顷，不着边际，叶子飒飒地响着。空气里弥漫着水的味道，旷野苍茫。九曲十八弯的栈道，穿过潺潺流水，穿过芦苇荡，穿过风雨，一路延伸，指引着游客前进的方向。走着走着，突现一座桥，拱形的，也是木头的。桥下水波粼粼，荷叶相依。荷塘静寂，曲径通幽。

看那荷花，开得正艳，粉的、绯红的、象牙白的花，绿的叶，还有晶莹剔透的露珠，洁净含蓄，千姿百态，飘逸极致。荷花为谁绽放？一定是沁透馨香，超然淡泊。还有水中偶然滑过的野鸭，一个激灵，窜入荷塘中或者芦苇丛中。天空飞过一只鸟，掠过水面，溅起朵朵水花。漫不经心地走着，处处都是风景，处处给人惊喜。

走走停停，雨歇雨下。斜风细雨中，一个上午就这样行走在湿地中。离开湿地时，雨骤然间大了。淅淅沥沥，带走了忧愁，留下了寂静。

氤氲湿地，风姿绰约。细雨婆娑，我沉浸其间，迷恋着这里的草木。唯有风能知晓我的心情！

戈壁行思

　　河西戈壁，广袤无垠；浩瀚如海，四顾茫然。

　　杳无人烟，天高地阔。满地沙石，邈远孤绝，凝固硬挺，在干和热里不断消融或形成高密度的暗物质。

　　这是七月，太阳毒辣辣的。倏忽，死亡从四面八方虎视眈眈逼近这片土地，逼视着我向苍天借来微如蝼蚁的生命——可是，就在这水滴下来也会溅起白烟的戈壁上，居然还长着一丛丛静卧的小灌木。灌木上还结着浆果，粒大如豆。扔进嘴里嚼嚼，味美如饴，让人大惑不解。哦！对了。还有沙米，用其做成的凉粉会成为佳肴。生命的强大，不由赞叹大自然造化的神奇。

　　一只蜥蜴，精神抖擞、斗志昂扬地在沙柴间窜来窜去，时不时还扭头看看我们这些外来者。天旷地躁，嗓子干得快冒烟了，急忙钻进车。在冷气的沐浴下猛灌几口矿泉水，想要把火苗压下去，怎奈越喝越热，越热越喝，毫不解渴。

　　在西部土地上生活过，奔波过。烈日灼心，曾随着父母挥镰割麦，捆麦码垛。那时的天很蓝，置身于金色的麦浪中，汗滴擦不去，手上磨出茧。可是，在炙烤下，身热心更热还期盼着每天晴空万里，阳光四射，因为麦子即将收获，千万不能有雨。这是一个充满希冀的季节，农人一年的耕种，辛勤的劳作会有回报。丰收年，不再为吃饭发愁了！

不知道生命本身算不算一场出征呢？比如麦苗抽穗、拔节、结实、打碾、磨面；比如戈壁石历经风霜、饱受日照雨淋，最终化为尘埃；比如童年、青年、老年，人生复始，生命更迭。且和岁月边走边厮杀，算不算一场激战呢？与时间角力，和永恒鏖战，注定伤痕累累。

"起风了，起风了！"有人惊呼道。于是，我们迅速下车，继续在戈壁行走。风，吹着，石头没有跑，我们也没有跑！还是燥热，不要说跑，行走在戈壁，感觉快成烤肉了！越走越热，心也难静。在戈壁行走，需要的是耐力和意志。不毛之地，没有生命的参考物为你壮行。

越走越空旷，一望无际！戈壁最大的好处就是广阔辽远，方圆数里，人迹罕至，更别说其他。只能看见不远处来来往往的火车喘着粗气，蜿蜒起伏。公路上的汽车也很少，间或鸣笛飞逝而过！

偶尔，会看到一个黑点。走近一看，可能是动物的尸体——骆驼或者黄羊。风干了，半截埋在沙砾中，半截等待着狂风黄沙来掩埋。这些动物是渴死的、饿死的？还是被追逐致死的？我们不得而知，也可能是迷路了！总之，生命在茫茫戈壁显得如此脆弱！

此刻的我立在戈壁，如果没有水，也会干涸而死，幻化在这静寂茫茫大地。望着风吹过消失的踪迹，深深感到这卑微的生存和巨大无常间不成比例的抗衡，也感到人在自然面前，生命在自然面前如此不堪一击，如此微乎其微，如此渺小辽寂。看看不远处的沙棘，感觉万箭穿心。

一只鸟，不知名的，瞬间掠过，倏忽消失了！怅然若失，莫名其妙。

在人生的坐标，其实每个人都是弱小的，伟大的是意志和精神。

风继续吹着，没有人言语。我们继续行走在戈壁，只有风的声音！

焉支流韵

焉支山是一幅油画，远观比近看更和谐、丰韵，充满遐思，多了美感。

每每回家，总想去拜谒盘桓在心间的那座名山，但终因琐事缠身总是擦肩而过，留下哀叹。这个长假腾出身来，总算圆了心旅之梦，少了一份牵挂，多了无限感慨。

焉支山是一部厚重穿越历史的作品，坐落在河西走廊峰腰地带的甘凉交界处，位于山丹县城东南四十公里处，东西长约三十四公里，南北宽约二十公里，自古就有"甘凉咽喉"之称。焉支山主峰百花岭，海拔三千九百七十八米。焉支山又叫胭脂山，因山中生长一种花草，其汁液酷似胭脂，山中妇女用来描眉涂唇而得名。景区内松柏常青，草木葱茏，蜂飞蝶舞，鸟语花香，风光秀丽，景色宜人，有河西"小黄山"的美称。焉支山载入史册已久。先有公元前 121 年，汉武帝派年轻将领骠骑将军霍去病率兵西进，过焉支山，击败匈奴，夺得河西地区，打通了中原与西域交往的通道。自此，焉支山成为胜利的象征而载入史册。后有隋大业五年（公元 609 年），隋炀帝西行，登此山谒见西域二十七国使臣，在张掖举行"万国博览会"，甘州、凉州府派仕女歌舞队在路口朝迎，张掖成为世界博览会最早的发祥地而闻名天下。

焉支山是祁连山的一个支脉，横卧山丹与永昌之间，绵延起伏，蓄积着许多名贵动、植物，是我国著名的自然风景区。奇异的地形和植被，自然景色秀丽壮观，几百座大大小小的石林奇峰耸立其间，形态各异，有的像龙腾，有的像虎跃，有的像马奔，有的像熊伏……山中的自然风光和人文景观很是丰富，这其中最著名的依次是杨四郎泉、西北民族风情苑、玉皇观（前寺）、万佛殿、隋炀帝行宫遗址，钟山寺、百年焉支松、焉支玉溪等。

汉武帝时，骠骑将军霍去病征战河西，"过焉支山千余里"，逐匈奴于大漠之北，于是就有了匈奴那首"亡我祁连山，使我六畜不蕃息；失我焉支山，使我妇女无颜色"的千古绝唱，焉支山的名声也就随着这首有名的胡歌而远扬了。焉支山，一个很好听的名字，仅仅因为这个名字，便心生几分喜欢。等身临其境，更有一种莫名的喜欢：天是那样纯洁的蓝，水是那样透彻的清，草原更是一望无际的绿，仿佛手织的地毯，透着让人欣喜的梦幻般的童话色彩，就连草地上的羊群，也仿佛天上的繁星，点缀着美丽的草原，点缀着游人对草原美丽的渴望。

金秋季节，是焉支山一年中最勾人心魄的季节。明净的天空，丰硕的秋果，醉人的阳光，山挺拔俊秀，五彩斑斓；水多情柔润，静静流淌，一切只与心情有关。

初秋的阳光，慵懒地洒在午后的焉支山上。哗哗的小溪流带着淡淡的秋意一路欢唱着，而不远处的松树林偶尔传来游人的嬉闹声，使整个山谷形成动静结合的美，远景、近景层次分明，像一幅流动的山水画，人在画中，画在心中。在两山对峙的峡间，一泓清泉淙淙流淌，清澈见底，水间许多大石当流，吞吐成音。夹峡松山，争高直指，千百成峰。

松林间一些低矮的灌木生出各色杂花，星星点点掩映在枝头，耀得让人心醉，世外桃源般的清爽沉醉了每一个人。听导游绘声绘色地讲杨四郎泉、百花池等景点的传说，一样地引人入胜。顺峡而下，或沿峡水而行，或穿松林嬉游，我们且走且看。马莲滩是花最繁盛的地方，在峡谷的一个平缓的地带，密密地形成了一个花海，淡雅的花瓣，清幽的花香，缕缕地弥散在清风中，让人神醉。阵阵松涛从山谷滚滚而来，顷刻间，绿风浩荡，给人以天地无限广阔之风韵。胭脂的妩媚，丝绸的光芒，马背英雄孔武彪悍的魂魄总在人们心中。仰卧于焉支山茵茵的软草之上，透过温馨的阳光，临驾在苍翠的峰峦之间，艺术与自然在这里神秘地融在了一起，顿觉心静神畅，兴致沓来，仿佛置身于千古不灭的乐土之中……

焉支山有肤、有血、有语言、有慨叹，焉支山是一个活脱脱的生命群，她行走在时间的琴弦上，倾听天籁，倾听月光的诉说，狂风的呼啸，白雪的吟诵；峡谷的水清澈，比水晶还要剔透，蜿蜒着、欢乐着，挟着流云，漾着树影，捎着鸟声，沐着阳光，捧着月晕，长歌一腔，低语一阕，阅山听水也是一种极致的享受。

焉支山是一处看不够的风景，一部读不完的书卷。焉支山，山有山的故事，水有水的传奇；一棵草，一个传说；一块石，一段历史。可谓一山故事一山歌。这故事、这歌都在静静地等待着有心人的聆听！鸟有善翔者，鱼有善游者，兽有善搏者，人有善生者。伫立在万寿岩前，伴着淙淙流水，凝眸翠松红叶，我想鸟翔者则俯凌霄，鱼善游者则穷渊薮，兽善搏者则王于森林，人善生者则知况味。其实，很多人都不知自己所处的位置，不知走向何方，但是萧瑟的秋风染红叶子之后，便是皑皑白雪覆盖的苍茫大地。秋天的焉支山更加多情，你看看她羞涩的红晕，染得山崖红了半壁脸。

"虽居焉支山，不到溯雪寒。"唐代诗人李白在此留下的绝句，更耐人寻味。焉支山南屏白雪压顶的祁连冰峰，北倚岩石裸露的龙首山岭。

两山对峙而望，其个性极为鲜明，龙首山砾石裸露，寸草不生，祁连山青黛如墨，林茂草丰；前者挡住了巴丹吉林沙漠的南袭，后者扼住了青藏高原的北移，焉支山正安详地坐落在两山之间，犹如躺在父母中间的婴儿，天真无邪，幸福无比。流连于这层峦叠嶂、绵延无际的绿色中，把焉支山下昔日皇家的军马场，连同焉支山上的汉唐之柏、宋元古树连接在一起，用尽力气也读不出霍去病将军曾以"千里不运粮，百里不运草"的焉支山为绿色大本营，挥鞭纵马，以秋风打落叶之势，把人丁兴旺，牛羊遍野的匈奴民族追逐到大漠以北，从此匈奴漠南无王庭的悲壮；也没有捡拾到隋帝艰难地穿越六月飞雪的大都拔谷，御驾亲临焉支山，调集数千美女，迎接西域二十七国王公使节，举办万国博览会的遗贝。但一个把史诗写在马背上的匈奴民族，失去生存的命脉——焉支山后，发出的"亡我祁连山，使我六畜不蕃息，失我焉支山，使我妇女无颜色……"的哀叹，却如暮鼓晨钟，穿越数千年的岁月，至今仍然在青山绿水中回荡。啊！焉支山，是一座散发着历史沉香的山；焉支山，是一座撩拨男人心房的山！上得山来，只觉得相见恨晚！

是的，心里惦念着窈窕淑女般纯真的红蓝草，循着重量级的边塞诗人王维当年踏着水秀山青、吟诗作赋的履痕，我来到了焉支山顶传说中的百花池边。王维，这位被称作诗佛的人，也是一代书画大师。在自由逍遥的攀山道正涌动诗兴时，忽然，一池荡漾的水波迎面撞入视野，水的中央，亭亭玉立着一位穿红着绿的纤纤秀女。王维欣喜若狂，但向前驻足细看，却是一株胭脂花。王维顿觉心旷神怡，当众吟诗作画，池水、胭脂花即可就成之时，突然，一只飞鸟落到颜料盒中，随即又跳到画面上，众人来不及收拾，正在感叹之际，王维大叫奇妙。原来，飞鸟的爪印正好踩出斑斑花色，从此，胭脂池百花争奇斗妍，山花四野相闻，松柏掩映，流水潺潺……绕"百花池"缓步，层林深处的寂静和着布谷的鸣声由远而近，我眼前的景物本已是江山如画了，但"祁连雪皑皑，焉支草茵茵"如诗的景象又在我心头涌动。这样的高山流水，可藏龙，可卧虎，是剽悍的游牧民族耀武扬威的乐园，是养育天资掩霭，雪肤玉貌绝代佳人的风水宝地。

焉支山下是很难尽收眼底的一片大草滩，山青水远的时光里，匈奴昆邪王在这片风吹草低、牛羊如云的土地上，豪气十足地牧马屯兵，修养血性，大块食肉，大碗饮酒地享受。酒足饭饱后，气力无处发泄之时便沙场点兵，扬鞭纵马，燃烽火，点狼烟。号角声中，发兵南下，直奔西汉王朝的心脏。但他们的兵马还没来得及用喝马奶酒的大碗换上春江花月夜的小玉杯，就被大汉王朝的豪气挡在了长城以北。

古老与新生的链条，是如此缠绵地链接着。不教胡马度阴山的功过是非，已被重重叠叠的时间压在了没有实际意义的昨天。在漫山遍野、争奇斗妍的花草中，谁也没有准确地认出来哪一朵山花是胭脂花，但雕刻在我心版上的"失我焉支山，使我妇女无颜色"的一声慨叹，还有那一山仍然鲜活的流水，一山青春的绿色，一山的湿润，一山的宁静，都像叮咚而来的流水潺潺地滋润着我的心田，照耀着我的灵魂，使我真切地感受着胭脂山养育英雄的刚强与美女柔情的源远流长……

焉支山下曾经蔚然大气、匈奴人牧羊放马的大草滩，借着超越时代的一山灵气衍生。此刻，一望无垠的油菜花正孕育着人们新生活的元素。数十万亩黄色的花朵编织成一幅绵绵的锦缎，柔柔地铺展在山环水绕的土地上，山南海北的养蜂人在这里为人们增添着生活的蜜意，饱满的青稞酿造着醉人的美酒，还有那穿越历史的牧歌，正在焉支山头缭绕，把马背上写意的故事从古说到今……

焉支山一座神奇的山，感谢造物主为我们创造了一座焉支山。

"云想衣裳花想容"。焉支山上盛产的胭脂花，又为男人一刻也离不开女人制造了一条动人心弦的理由。

下山时，蓦然回首，一轮橘红色的太阳，巨大而温馨，慢慢地一丝一缕从天际消失在地平线上。彩霞满天，锦绣万里。停下脚步，好想夜宿焉支山，卧听匈奴铁骑阵阵踏梦而来，遥看月映下涂着胭脂娇羞的妇女容颜。西沉的夕阳，催促着我们下山的步伐。一切都是美好，犹如梦。

　　日子仍在继续，唯有风景因心而动。记忆是美好的留声机，值得灵魂为之粉身碎骨。焉支山的风韵，随着历史回响在时空中。

祁连弦歌

巍巍祁连，叠翠生玉；苍茫河西，万物灵动。

在中国的版图上，一座高耸挺拔的山脉亘横于甘肃青海间，这就是故时被匈奴称为"天山"的祁连山，她不仅仅是地理意义上的高峰，更是不同民族融合发展的精神巅峰。祁连山下的河西走廊，也不仅仅是连接中原西域的交通长廊，更是一条时间长廊。一个个迥然不同的族群在这里衍生，裕固族便是内亚游牧民族中的一支劲旅。

世事沧桑，在历史的朔风中一切影影绰绰，唯有真实的故事绵韧流传。穿越历史的烟尘，从渐行渐微的大唐打马走来，从游牧在蒙古高原鄂尔浑河流域的回鹘走来，他们自称"尧熬尔"、"西喇玉固尔"，逐水而居，择祁连山源源不断的雪水和丰茂的植被而栖，繁衍生息。1953年，取与"尧乎尔"音相近的"裕固"（兼取汉语富裕巩固之意）作为族称。早在四百多年前，裕固族从阿尔金山迁至祁连山脚下。1959年，居住在祁连山南麓的裕固族也迁至祁连山北麓。裕固族——这个颠沛流离的民族，带着她千回百转故事，历经沧桑，顽强地生存了下来相同民族的亲缘交汇，文化认同，使之发展壮大，祁连山不仅仅是他们的栖身之地，更是他们心灵归属的美好家园。

甘州之境，肃州之南。生活在这里的裕固族书写了一部特有少数民族的变迁史，也演绎了特有的民族文化史，从中不仅可以看到一部内亚游牧民族的变迁史，也可以从他们的历史文化中看到浓缩了的内亚地区的历史和文化，打开肃南裕固族的历史，让我们走进一个鲜为人知充满传奇和神秘的地方。

到达肃南，时值六月，草长马腾，万物竞生，一切生机勃勃。我没有刻意地去追寻或者记录，只想静静地在这个丰腴的时光里聆听或者休憩，甚至不想惊扰一株草、一匹马，甚或闭目静思石窟里矗立的那尊沙弥。风轻轻吹过，留下的万籁之音涤荡着心灵。我沉浸在祁连山下这个多梦的草原，任由思想驰骋。

肃南，位于河西走廊中部，祁连山北麓，因居肃州（古酒泉别名）之南而得名，是中国唯一裕固族民族自治县。苍茫辽远的祁连山下，留下过班超投笔从戎的羸弱身影，留下过大汉使节苏武至死不渝杖印；祁连山空旷的山谷里，回响过左宗棠西征大军的猎猎战旗，霍去病抗击匈奴的铿锵铁骑；回响过林则徐辘辘的囚车和西路军惨烈的枪声……祁连山，以它伟岸的身姿和圣洁的雪水，也慷慨地滋养了这支远古裕固族先民的血液和精神，使得他们显得如此深邃和坚强，如此豪迈和粗犷。晶莹剔透的冰川、艳丽如血的丹霞在此交相辉映成为美的极致，成为千古奇观……胡笳声声，驼铃阵阵的丝路盛景花雨般随风远逝。留下的故事，回响在历史的时空，唱响着一曲熠熠生辉"少数民族中的少数民族"的裕固之歌。

生命中，本没有一成不变的风景。只要你心中永远向着太阳，每一个清晨，都会等着这由你开启的美景。雪山、草原、湖泊、峡谷、森林……肃南皇城草原每平方米的草地上竟然有七十多种花草！夏日塔拉水库静谧安详地镶嵌在辽阔的绿茵之中仿佛明镜一般，蓝天、绿草、白云倒映其上，将高原牧场装点的分外妖娆。这个季节是最美的：雪山冰雪消融，河水呈浅蓝色。一旁的友人说，等到了盛夏，河水会变成天蓝色，而到了秋季，河水摇身一变，又成为动人心魄的深蓝色！三种蓝，渗透着河流的意向，人生又何尝不是呢？三生石上，每种境遇都参透着不同的生活。看，此刻临风怒放的油菜花尽情绽放，努力开出最美的姿势。抬眼望去，天是碧蓝的，地是金黄的，好一派蔚为壮观的美景！远处，祁连雪峰用纯净的白色将蓝天大地分割开来，而盛装的裕固族牧民就以这壮美的画卷为舞台唱着、跳着，尽情地挥洒着欢乐。

父亲的草原，母亲的河。六月的肃南草原，像一条巨幅的绿色地毯铺展在大地上，星星点点的繁花点缀其间，与远处的皑皑雪山相互映衬，构成了绝美画卷。冰川融水是祁连山的命脉，大自然恩赐下河西三大水系——石羊河、黑河、疏勒河，它们像银色的丝带，飘落在这片广袤无垠的大地上，千百年来，奔腾不息默默滋养着肃南，装扮着肃南。祁连山下美景画卷，遐思万千，康乐草原便是这巨幅风景画的一帧特写。丰美辽阔的草场，呈现出"天苍苍，野茫茫，风吹草低见牛羊"的意境。美丽的康乐草原，也是是裕固族的聚集地之一。这里云如圣雪，天似碧海，青草连天，原生态的自然景观使这里气佳景清，心随景阔。在碧草青青的康乐草原，可以看到独特地质风貌的冰沟丹霞、七一冰川。每年七月，在康乐草原还能看到赛马、摔跤、射箭、顶杠子、文艺汇演、祭鄂博等各种丰富多彩的民族体育和文艺表演，将宁静的草原变成欢乐的海洋。祭鄂博和赛马都是独具特色的民俗。我没能见到这样的场景，在友人的讲述中，热血沸腾的场景和神圣的仪式都令人顶礼膜拜。丰美的草场，成群的牛羊，宁静深邃而又富庶端庄。

文化，是一个国家和灵魂，是群体历史记忆，也是一个民族独特的血脉和精神风标，更是一个地域的深度和厚度。柔软的丝绸、轻扬的牧歌，延宕的马嘶，坚硬的兵戈……在这里都已尘封，更多的只是一种记忆。在光芒与交响中，裕固族人民过着逐水草而居的游牧生活，常年居住在帐篷里，随着季节的更迭，他们也一直移动着生活，变的虽然是地方，但他们的心一直向着祁连山的方向。

"骑上我烈性的骏马，奔驰在金色的草原上……"千百年来，裕固族儿女都是唱着这样的牧歌纵马奔驰着。小民族，大文化。裕固族语系是突厥语的活化石，肃南地区有西裕固语（即尧呼尔语）、东裕固语（即恩格尔语）和汉语三种语言。在历史的长河中裕固族仍保留着本民族的特色，文字虽然已经失传，但他们优秀的文化传统通过裕固族语言，用"口口相传"的方式保留下来。在肃南听着阿格尔、娜雅乃曼、爱昂卓玛的歌，我眼前展现的不仅仅是裕固族人能歌善舞，安逸多彩的景象，更多的是看到了他们对文化的虔诚和传承。我还听过银杏吉斯、瑙尔吉斯和萨尔组合的歌，他们表现的方式不同，相同的是心灵的那种坚守。

多彩的肃南并不只有缤纷的自然风景，在时间的磨砺中更留下了许多宝贵的人文遗迹，亦有着凝聚匠心独具的建筑艺术。从帐篷到毡房到如今的楼房，在不断的发展过程中，其实建筑就是最好的历史。走进肃南会发现，建筑物的顶子就像一顶裕固族人戴的帽子，红得耀眼，屹立如山。

传承，就是最好的发扬。在肃南县"裕固族特色村寨"，你会惊呆甚至不敢想象，柯璀玲用四十多年"淘"来的千余件民族文物在这里安了家。特色村寨"复活"了裕固族的生活场景，在这里可以一站式体验祁连山脚下古老民族的文化生态。柯璀玲说，活态传承是对民族文化最好的保护，我还在追梦的路上。一位平凡的人做出了不平凡的事。行走在肃南，裕固族的歌声时刻萦绕在耳边，翩翩起舞的裕固族姑娘们绽放着青春花蕾。我们遇到的不管是垂髫孩童，还是耄耋老人都在不遗余力地保护着自己民族特有的习俗和风情。

总有一种美，会惊艳了时光，温暖了遇见。遇见，是一种美，是刚刚好。灵魂若可以相契，便是一种罕见的缘。若懂，不说，也懂；若不懂，说了也不懂……无论走在草原还是县城，依旧可以听见颇具特色的歌谣在肃南大地上传唱。透过历史的风云，肃南的民俗艺术独树一帜。最美好的风景，就是每个人都能幸福生活，都能寄托乡愁。如此，可以设想，当一粒粒种子叩动大地之门，一个民族最有活力的呼吸，会从地底喷薄而出，凝聚成激越上升的壮观能量。肃南这个充满神秘的地方，将寻觅者思索的闸门打开，让想象在草原上飞翔，在冰川前固话，在丹霞前无语，在岩画前惊叹。历史的长河奔流不止，你我若玩童，惊艳于时光河岸上留下的肃南民俗瑰宝，留恋于肃南人民的欢歌笑语中。

　　肃南，散发的历史沉香，缭绕在古老与新生衍生的气息中，聆听历史的牧歌，把马背上写意的故事从古说到今。

　　肃南，是一颗镶嵌在丝绸之路上熠熠生辉的宝石。沉淀的绿是她的肤色，祁连山丰沛的融雪是她生生不息的血液。风的姿势，向前的力量，是她的骨骼。奔驰在辽阔草原上的骏马是她真实的写照。胡笳远去，牧歌悠扬，民族融合的金石之声再度奏响，抒写着明天更美的故事。

静谧永靖

永靖，在我印象中一直是静谧、安逸、祥和的。黄河在这里稍作休整，便弯出了钟灵毓秀、人杰地灵的小城。

一朵花，足以绚烂整个秋天；一座城，足以留驻奔波的脚步；一抹阳光，足以温暖疲惫的心灵。我去永靖时，秋高气爽，万物竞翔，水柔山巍。水乡永靖，虽是西北的一个小城，却不失南方的婉约娴静。

生活里很多记忆像一个个驿站，打马而过略作休憩时总是不忘凝思片刻。过去的事物总在嗟叹声中流逝，但令人心旌惴惴不安的依然是人、境、景、物，或许留下更多的眷恋。静谧，其实也是一种时光。

当城市车水马龙的喧嚣湮没了田园村落，当人们争相以便捷与快节奏的方式享受着前所未有的华美生活时，有一种于繁华中渗透着简朴，于喧嚣中流淌着沉静的美，则更需要人们去慢慢品味，慢慢享用。这，就是回归自然的静谧之美。

静谧溢美，莫过于山水之间了。

出兰州，向西，再折南，便是永靖的方向。车行进，不久便进入山腹之中。一条曲折的路将两旁山分割开来，黛青或灰色，间或闪烁着生命的绿。山是静的，是别样的美。它的静谧之美还在于寂静之中与浮云为伴，与飞鸟为友。草木的蓬勃，昭示着生命的力量。白云飘浮，飞鸟鸣唱更衬托了静谧，给山中静寂更增加了几分难得的美丽和灵动。

车进山退，青山在云雾缭绕中时隐时现，为我们描绘出一幅美妙绝伦的天然静山清云图。

不觉间，一泓清泉瞬间洗亮了我们的眼。"快到刘家峡了！"友人疾呼道。此时这里黄河是安静的，更是清凌凌的，仿佛女子弄皱的裙裾。黄河水静谧之美在于清幽，又似少女的心事。逶迤的风光，随水荡漾。一重一重的青山拉开帷幕，黄河露出了清秀的面庞。小城，因水而灵动。

平静的水面清澈，明眸善睐，仰望澄澈的蓝天和一棵棵挺拔的绿树，蓝天和绿树便心甘情愿地把一切美好都映照在其中，一样的天，一样的水，一样的树，一样的她们就在水的面前，"你中有我，我中有你"。微风吹拂，静谧的水荡起层层涟漪，一幅绮丽的图案即刻完成，刹那间营造出了一种静谧中无声律动的美妙氛围。

拾一枚岁月的沉香，浅摹流年。指尖，流泻的淡暖清欢，在轻轻落地的时刻，都绽放成无言的温柔，渐渐有了慈悲的模样。光阴是一朵沧桑的花，开在每一个角落，纵使容颜老旧，青丝白雪，依然绽放如初，不曾凋谢。朝思露水，怀一痕往事，落日红霞，染片片闲云。走过了，回不去，这便是光阴最独有的一面，只有前行，没有后退。生命，便这样老去。这一生，只愿淡淡走过，来去时，无念无悔。人生在世，一辈子会遇见许多的人，有些人值得我们真心相待，有些人却不值得。

那些心穷的人，如同冷血的蛇，多少的暖都捂不热。

内心富有的人，脸上带笑，心里有光，旁人总是能从他身上汲取正能量。

这个世界并不薄凉，远离不停消耗你的人。把你的好，留给那些懂你的人，你的世界才会深情起来。

逃离，乍一看是我们热爱生活的证据。许多貌似平淡的过程都载着千转百回的心事，细小琐碎的花草，也会形成永恒的风景。令人着迷的不一定炳灵大佛、姊妹峰、太极岛等，一草一木会充盈在喧嚣过后的静谧中。

自然在静谧中美好，人们在美好中静谧。当我们走近自然，便会发现静谧在自然中无处不在，我们无处不可以寻觅到静谧所展示于世间的那种独特美好。在枣园，树木葳蕤，红枣甜馨。农家菜端上来，让人大快朵颐：黄河鱼鲜嫩，馋人举箸；大盘鸡色艳，肉块金黄，辣椒透红，香菜翠绿。吃得肚圆嘴肥，刮碗子，打扑克，心情舒畅。倘若碰上草莓上市，不妨去棚里亲摘，味道会更甜美。在太极岛兜风，也是一种享受。波光粼粼，河面静寂。夕阳西下，一切悄然虚邃。

如果说静谧之处于山水之间，那么静谧之时就莫过于月夜了。

当夜幕徐降永靖，月亮爬上天际时，一缕缕柔纱般清辉从旷远的苍穹抖落下来。眼前的一切便都如轻纱笼罩，泛着银色的柔光，一切都变得美好起来，一切也都因此愈加静谧。不甘寂寞的云层不时缭绕于月亮身旁，像捉迷藏般的使月亮时隐时现。当再次透出云层的月光穿过树枝，漏下一地闪闪烁烁的碎玉时。大地静静的，只能听到一泓流水的吟唱和偶现的鸟鸣。银河掬月，这时清风似乎在荡涤你的心里，月光也似乎在此时才更能拨动你的心弦，使你充分享受这静谧月夜里由心灵和自然共同奏响的天籁之乐。此刻，我们坐在花团锦簇的永靖滨河路上。流光溢彩的桥，摇曳多姿，任由黄河水流淌，带走我们的思绪！时光是美好的花朵，如能将喜悦和安乐常驻心底，即便心头花落尽，眼角依然有微笑，这便是岁月给我们最美的妆容。

又是一个初春，我再次来到永靖。在刘家峡大坝上远眺，其时的水像一面镜子，又似绸缎。乘船而行，膜拜炳灵大佛。山峰耸立，红崖丹壁。一千七百多年前，聪颖的匠人为我们留下了璀璨的"石窟百科全书"。弥勒佛高二十七米，静谧的万籁此刻没了鸟鸣声，一切随风而逝。每临永靖，我的心便是安静的，灵魂是如此的妥帖。

永靖的滨河路，被花草装扮得生机勃发。绚丽的花，似一张张笑脸，让您陶醉；苍绿的树，如一位位会说话的尊者，让您神往。黄河赋予了神韵和生机，永靖因黄河婀娜多姿，丰盈静美。

永靖因静谧而瑰丽，生活因静谧而祥和，未来因静谧而美好！

沉醉一座城

旭日东升，我再次回到故乡。塞上江南金张掖，花始盛开，万木葳蕤！是的，离家愈远，思念愈深。如此迷恋，难以割舍。

大河之西，敦煌往东。一路芳华，无问东西。甘州是镶嵌在丝绸之路上一颗熠熠生辉的明珠，祁连雪水滋润，绿洲生机勃勃。

祁连绵延，雪峰玉砌，孕育生机万顷碧波；焉支流韵，百花争艳，史诗承载千古情。合黎耸立，千年守望；黑水蜿蜒，滋禾泽木。神来之笔，丹霞熠辉。长城北环，驼铃声声；胡笳远去，丝路情长；崇楼中立，苇荡林幽，鸟鸣啁啾。左公戍边，春风有意，杨柳依依绿河西。这就是雄浑与厚重的甘州，一个令人神往的古城！

张掖鸣啸于霍去病马踏匈奴的铁蹄下，诞生在丝绸之路的驼铃声中。"张国臂掖，以通西域"的寓意为其命名，连贯东西的商旅为它带来了经济的繁荣，东西方文明碰撞让文化的火花在此点亮。北凉在此建国，回鹘在此设帐；玄奘从此西行，马可波罗在此驻足；连那惊魂动魄、艳播华夏的《霓裳羽衣舞曲》也源自甘州音乐《波罗门佛曲》。这里有厘不清的传说；这里有道不完的盛事；这里更有"大漠孤烟直，长河落日圆"的景象。于是，历史的大笔绘出张掖的辉煌，千年的足迹踏出甘州的履痕！

八声甘州，享誉九州。土耳其作家奥尔罕·帕慕克如此评价他生活的城市：美景之美，在其忧伤。张掖，却是一切欢乐都不停留的城市。这城市深处有一种向上的力量。风吹过，城市里弥漫着生长的味道。没有比这更好的地方，你将到达是一座永远活力四射的城市，别指望还有他乡。

木塔风铃响起，我终于读懂了和这座城市之间那种让人沉醉迷恋的关系：你和她相依，是因为彼此间心有灵犀；你和她相守，是因为根植泥土很深。可不是吗？曾在西夏国寺，木塔寺内求学读书。在四野沉寂之时，我斜倚在一棵苍松脚下，极不情愿地背诵着那些令人头疼的公式，还有二十六个字母组成的单词。彼时，最喜欢在阳光下，捧着一本金庸的武侠小说，大快朵颐，抑或北岛的诗集咀嚼。那时的日子，快乐的是有书读，忧愁的家人和老师喋喋不休的唠叨，毕竟面临高考。那些日子，记忆有痕。读着与学习无关的书津津有味，写着幼稚的文字四处投稿，期待远方编辑的飞鸿让人欣喜若狂。光阴在大佛寺的日升日落中疾驰，我坐在时间马车上静候文字的恩赐。终于有一天，一张通知书翩然而至：我知道我该离开这座城市。走时，我深情地张望着这座城市，企图带走一点什么，可什么也没带走。我知道，心里已经充溢着这座城市。

这里拥有世界最大的室内卧佛，亚州最大的皇家马场，中国最美的山地草原以及让世人企及的丹霞。其实，除了大海，这里几乎囊括了所有的风景。"戈壁水乡""湿地之城""塞上江南"……一个个桂冠，把我的家乡装扮成"皇帝的女儿"令人艳羡。不管是何地何时，只有有人提及张掖，哪怕是听到乡音，都是那样的亲切温暖，真想和言及者连干三杯。

当我再次来到黑河湿地时，已是春天，草木次第展开，焕发生机，原本弥漫的夜色奇异地渐渐消散，久违的风景竟越来越敞亮。走进湿地，踏上木栈道，顺着蜿蜒的路径，你会惊讶地发现竟有那么多溪流、湖泊，水波荡漾、清澈透明，群鱼遨游、蝶飞蜂舞，芳草葱郁、林木茂盛，风吹草木深，万头攒动的芦笋急切地穿透枯枝败叶，好像在焦急地争春夺绿。一畦畦芦苇好似打开的书页，仿佛向人们展示着不尽的悠闲和惬意，让你读不尽的美妙。白茫茫的水域一望无际，观景栈道犹如一条条"水龙"，九曲十八弯，游走天际。忽然吹来一阵风，水面铺起一绿毯，塘中音乐声起，浩浩荡荡的芦苇，挤挤挨挨地在湿地中舞蹈，招摇着自己的妖娆。这里的芦苇都是精神抖擞，洋溢着青春。柔软、张扬，不失靓丽，风姿绰约，美不胜收。水中的芦苇努力地拔出嫩芽，给古老的边城带来第一缕春信。

蒹葭苍苍，白露为霜。所谓伊人，在水一方……在这旷野中，思恋着的那个伊人，或许她就隐秘其间窃笑着等待寻找。远处袅袅几缕炊烟，戴着祁连玉镯子的姑娘，着裕固族盛装，是她吗？风吹着，叶子飒飒地响起来，淹没了她的笑声。急不可耐地追寻，但那诗情画意的芦苇塘中，还有多少故事徐徐开讲，我不知道。此刻，走着走着，数步一折，曲径通幽处，又是别样风景。心随着梦飞，脚步随着栈道走。波光粼粼的水草丛中，野鸭子时而窜过，故意逗你似的，待靠近时，倏尔游弋，继而踏波而去，涟漪中只留下几个黑点。哦！还有静寂的荷塘，淡然悠闲。会开出佛前的那朵莲吗？对！此刻，沉睡千载的那尊睡佛，或许等待着那个来膜拜的人，吟诵经卷中不曾记录的诗文，关系着一个你所不知晓的甘州。所有的风云更迭，以及岁月遗存，都在佛的笑语或缄默中或时隐时现。只有静静的黑河水流淌着，诚如一个人守着心事，去向远方。

身处绝色的湿地，有一种想飞的欲望，不为了腾云驾雾的快感，而是为了心旌荡漾。俯望之下只觉眼前绿意葱茏，这不仅仅是沙漠中的绿洲，戈壁上盛开的花朵。这是一种纯粹的天然之美，充满了不加雕琢的张扬和毫不掩饰的奔放，将西北旷野上的阳刚之美渲染到了极致，没有丝毫粉饰与雕琢，留给人们的是自然、质朴。呼吸着泥土的清香与清新的空气，回到了大自然的怀抱，这一切都令人神清气爽，所有的烦恼都抛至脑后，真是一种美的享受。盘坐在木栈道上，聆听自然的音响，沉醉在意象中。

半城芦苇半城塔，一湖芦花塞江南。我不动声色，深藏不露，内心却波澜起伏，涌出的全然是感恩与赞美。

芦苇不仅是古老甘州的一道亮丽风景线，而且也是历史上甘州人生产生活的重要物产资料。由于甘州城内外及其周边湖泽遍布、芦苇丛生、荻草成林，因此，刍草就成为张掖赋役征收的一项重要内容。史载："甘州赋役，屯科殊致，刍粟并征。""张邑岁征条粮之外，不令纳银而纳草，因地利，顺人情，而马政于是修乎……故草厂之设，几与仓库并隆。"这是因地制宜、充分考虑地域特点的举措，也从侧面说明当时张掖苇草的生产量以及草畜产业的繁盛。除此之外，苇叶又如南方的竹叶被称为"粽叶"。每年初夏，张掖城乡居民家家户户下塘采摘，风干杀青后以备端午节包粽子，或用来晾晒粉皮、面筋等。张掖人用苇叶所包的粽子不仅绵甜可口，更有一种特有的清香，自古以来就是当地一种传统的节日特色食品。同时，芦苇收割后还被人们用来纺织苇席、苇帘等手工产品，且远销外地，成为古代甘州特有的物产。《新修张掖县志·地理志·特别物产》载："苇席，商人运发兰州、肃州、凉州销售，大宗。""粽叶，即苇叶，包粽子用，亦为大宗，运销兰、肃、凉州。"

芦荻浩荡，那是新生的力量。湿地滋润，那是城市的灵秀。不妨，来到张掖湿地公园聆听芦苇的诉说，恰似孩子的柔语，浸润着你的心。

行走甘州，我的心时刻紧紧揪着，因为故乡的每个声影触动着心弦。且看黄昏甘州的背景：辽阔天空，长风浩荡，山高水远，卧佛沉寂，水鸟云集，湿地欢笑。我们在风中不停舞蹈，亦在书中无尽地书写。张掖，那是每个人的另一生世。

没有比这更好的地方。真的！魅力张掖，就这样被沉醉！不能擦身而过，只能相守厮世。

风从祁连起

风，呼啸而至。突然间，人们已经习惯于这样的黑风黄沙，不再惊慌。

风从何处来？生活在丝路边陲小镇、霍去病屯兵地方的老人们都会说祁连山。不是风口呀，更不是风库呀！瓜州才是大风起兮的策源地！离这还有千里路，刮到这儿估计会成了习习微风。

儿时，尤其是春风过后，三四月份吧！春寒料峭，万物复苏。风就是那个时候开始肆虐的，不像夏天的风，带着燥热的不安；也不像秋天的风，带着收获的喜悦；更不像冬天的风，带着凛冽的狂嚣，让人缩手缩脚。闲了一冬的农人们，刚把农田收拾妥当，开始播种施肥。忽而，一场突如其来的大风，吹得人仰马翻，飞沙走石，天昏地暗。大地茫茫，白昼如夜。间或有大树被刮折，路人被刮着乱跑，呼天喊地。河西走廊的黑风是骇人惊心的。起风时，有预兆，鸡犬不宁，气温遽降。村里的喇叭会提醒大家安稳待在家中，不要外出。学校的广播也会再三通知，学生要待在家里。家，此刻成了最温暖最安全的地方。家，也成了最好的避风港。那时，人们经历很多，风来风走，都已麻木了。听着窗外呼呼的大风，在黑暗的屋子里，守着火炉或者在炕洞里烧上洋芋，也不说话，也不动弹，静等着风渐渐离去。

现在想想，那时的黑风可能就像如今的沙尘暴，有时过之更及。开始，也就是七十年代吧！那时，信息闭塞，人们防御措施不力，再加上河西走廊常有这样恶劣的天气，除了适应，更多是见怪不怪。起初，可能会刮坏一些基础设施，刮得刚探出头的麦苗缩回了"头"。或许，还有一些被风刮迷了路的人们。后来，经历多了，就开始学会"御敌"了。

河西走廊特殊的地理位置，原本就不太好的环境，戈壁、荒漠，风吹石头跑。风从何来，刮向何方，老人们总是念叨：肯定是祁连山，那里会有个大风口！

我经历黑风天，大概是在小学四年级吧！记忆里，如果有这样不平常的天气，一般情况是不上学的，躲在家里。大人们会把门和窗户关得严严实实，紧紧的。可风还是会钻进来。不时，还敲打着屋顶、窗户还有木板门。外面风声大作，我自岿然不动。屋内静寂无语。或许，此刻的人们心里都在默念着：这鬼天气何时才能结束！

所有的日子，就这样悄无声息的流逝，以致没有来得及回一回头。生命真是一个永远向前的过程，对昔日的怀念总是带着的忧伤。逐渐明事晓理后才知道：这是自然灾害，会要命的！生活在黄土地上朴实的农人逆来顺受，始终觉得这不是个事儿。于是，防风治沙，筑坝植树，在戈壁滩上栽树种草。白杨树、沙枣树、红柳、胡杨、芨芨草等。一年又一年，一代又一代，辈辈都在重复做着一件事：植树造林，平地种草，保护植被，防风固沙。有了付出，终有回报。昔日的荒滩绿意渐浓，就连不毛之地忽然也多了希望的色彩。

风，似乎不在那么张狂；风，似乎一年也比一年少了。不再是一年都在刮，从春刮到冬。

风从祁连来，人从何处去？真是祁连山刮来的风吗？平日里藏在哪呢？山谷里？山洞里？还是从山的背后越过来的呢？真是不得而知！

　　我家住在山脚下，是祁连山的雪水养育和滋润着我们。如果说黄河是母亲河，那么祁连山可以说是父亲山。高大巍峨，俊秀瑰丽，草木葱茏，雪水盈盈，生机勃勃。

　　祁连山，是一座英雄的山。湛蓝的天与翻涌的云构成了最佳搭配，清新与灵动的色彩，组成了最美的景境。祁连山，当年拦住了蜀国千军万马。这一刻，也把我的心留在了这里。七月的祁连山焕发生机，盛开的油菜花，绿中透黄，黄中溢青，黄绿相间，好一派田园风光。嗅着花香，呼吸着新鲜的空气，心旷神怡。高山湖泊，这对恋人从不分离；冰川雪山，这对兄弟相依相偎，白云从它们身边飘过，触动着心弦。

　　一只鹰，立在风吹来的石头上逡巡。牛羊成群，白云迷离，将祁连山打扮得英姿雄发。美妙的歌声，喷香的酥油茶洋溢着祁连山久远的梦幻！

　　风从祁连山吹来，习习凉意，将沉醉的人们吹醒。不再是黑风，不再是狂风，不再肆虐，不再张扬，有的只是徐徐而来舒适和柔柔的温情。

　　祁连山，读不完的丝路故事。山川、河流、草原、花海，诉说着悠久的历史。藏原羚、雪豹、岩羊、血雉、蓝马鸡、红腹锦鸡，活跃着祁连山的生命。人与自然的和谐，构成了一幅完美的画卷，宕开在跋涉者的心间。

第三辑　生命深处有底色

紫月亮

天上有一轮圆月，不是金黄的，紫晕愈浓。在墨黑的夜空泛着一圈光环，淡淡的紫，煞是好看。有人言，痴人说梦；有人呢，未知可否。可我说，那轮紫月亮的确是挂在天际，悬在奶奶的心坎上，那是奶奶一个未圆的梦。紫色，是奶奶最喜欢的！她，一生用的最昂贵的擦脸油就是"紫罗兰"。

奶奶是一个大户人家的闺秀，端庄贤淑，知书达理，任劳任怨。从我懂事起，到奶奶去世，她总是满脸笑容，很少看到阴云密布。

也不知从何时起，奶奶开始拄着一双拐杖。幼时，我懵懂中也没记忆，只听说奶奶好生喜欢我。襁褓中就抱着我满村转悠，晒她可爱的孙子。后来，一场病让她再也不能行走自如。听父母说，脚是风湿所致。因为当时生活窘迫，有时甚至断炊，再加上农村医疗条件落后没法治疗。最终，奶奶的病情越来越严重，不依靠靠拐杖，就不能行走了。

穿大襟褂，干干净净的；拄双拐，行者不惧，有时甚至跪着挪来挪去。洋溢的笑容，随时都会掉下脸颊。

奶奶是残疾人吗？不是！因为她比健全的人还乐于施善，思维敏捷，只是行动不便；奶奶不是残疾人？是！可她一直拄着双拐，不论是几步路，还是去几里之外的田地，都离不开双拐！奶奶是何时拄上双拐的？这件事我至今都没有印象，只记得奶奶的大半生都是靠双拐支撑的。

奶奶有八个孙子，还有三个外孙。这些孙子中，我是最受宠的。从小就祖护着我，只要被父母收拾，我就把奶奶家当避风港了。好像上学伊始，我基本上就住奶奶家。奶奶腿脚不便，但是很勤劳。

那时候的日子很苦，比打上来的井水还苦。身在河西农村的我们缺衣少食。日子恓惶，岁月更迭。每天家中的大人们为了生计都去挣工分，日出而走，日落渐回。为了果腹，不再为孩子快乐，而是为生活发愁。孩子们除了自己去上课外，大多时候（主要是假期）帮家里做些力所能及的活，比如喂猪、拔草、拾粪、放羊、烧炕等，各有各的忙，日子就是从指缝中溜走的。奶奶因为腿脚不灵便，很多时候操持我们这些孩子的吃吃喝喝，农忙时也到田里去帮忙。虽说管理我们简单，但是对一个行动不便的老人来说也并非易事。天麻麻亮时，树上的麻雀刚开始叽叽喳喳叫，奶奶便拄着拐杖从东院到西房，轮流叫上学的孩子们起床，一遍又一遍叫着乳名。睡不醒的孩子们，揉着惺忪的眼一骨碌爬起来，奔向灶房，拿起水瓢，从缸里舀一盆水，端到院子里。稀里哗啦，匆匆几把洗个脸，趿着鞋，背起书包就急匆匆地窜出门外，探头看邻家的孩子到门口没，吆喝着，你追我赶就去了学校。

奶奶拄着拐，趿着脚，连声喊道："把馍馍装上，别饿着！"手里攥着半块干馍馍，看那个小子没带上。可是谁又能理会奶奶的叮咛呢？一颗心的呼唤！也有冒失鬼忘了装馍，忙不迭地从奶奶手中抢过，看也不看，啃两口，皱皱眉，装进书包，蹦蹦跳跳地就走了。说是馍馍，其实基本上是黑面的或者杂粮的，间或还有发了霉的。有时，奶奶的手中拿着一条红领巾，怕是那个孩子匆忙中遗落的。看到孩子们都走远了，院门外冷清清的，这才走进院子里。给晨起的鸡，撒几把秕谷子，待小鸡欢快地去抢食，奶奶拿起倚在墙角的扫帚，跪伏在地，刷刷刷……一下一下地扫起院落。那时的院落土得掉渣，奶奶是个爱干净的人，每天都要扫一遍，还要洒水净尘。扫一块，向前跪着挪几步，这个情景至今依然存贮在我的脑海里。

闲不住的奶奶忙活完，坐在台阶上抽几口烟，缓缓神，然后拄着拐杖艰难地向后院的菜地行进。到了，开始侍弄那些给家人们改善生活的菜蔬。茄子、辣椒、西红柿、莲花菜、韭菜、土豆……还有点缀蒸馍馍的姜黄，以及浑身是刺，开出艳丽红花或者黄花的红花和墨绿的苦豆子。锄草、施肥、摘成熟了的菜蔬。这或许是她最开心的事了。菜地不大，也就一亩左右吧！被奶奶打理得井井有序。为了防止被鸡或者其他小动物叨扰她的"领地"，奶奶让我们捡来树枝、木板，打桩，编织成"篱笆墙"，一人多高吧！留一小门，平常也不挂锁，只用铁丝圈个扣，不防人。每天，她都去打理那些植物，也许是看见绿色，能排遣她心中的烦忧和郁闷吧！

如果哪个孩子得了"三好学生"、优秀学生或者帮她担水、拾粪的，奶奶会奖赏一根黄瓜或者一个西红柿，这可是那个年代的水果吆！得奖赏者，为了有意渲染气氛，洗都不洗，撩起衣服擦擦便有模有样地大嚼起来，馋得没得到者口水都快垂到脚面上了！于是，大家纷纷抢过水桶、粪叉去寻找得奖赏的"砝码"。奶奶笑开了颜，一边叫着大家："小心点，别慌张！"一边大声喊着，"都有，都有！"最终，每个孩子手里都会有"胜利品"——黄瓜、西红柿或者水果糖。

奶奶好像从未为生活发愁过，她挣不了工分，也不闲着。喂的鸡，拿鸡蛋换钱；喂的猪，除了留口年猪外，肥肥胖胖的出栏就买了。她总是想办法，换着法子贴补家用，可自己省吃俭用。利用空闲时间，奶奶还给我们补衣服、纳鞋。在那个困顿的年代，家家户户勉强度日。她总是将黑面、杂粮等变着花样做给我们吃。她还将茄子、辣椒等晾干，贮存起来。当冬天别人家吃着清汤寡水，白面糊糊时，我们还能吃到佳肴。因为那些干菜，调剂了简单的饭菜。

奶奶常挂在嘴边的一句话：每个羊嘴下面都有一把草，饿不死的，只要你动弹着！这句话一直鼓励着我。多年来，每次我遇到挫折或者灰心丧气时，总会想起奶奶的这句话，直到今日，我也是负重前行。

村里的人都很敬重奶奶，因为她总是不遗余力帮助者别人。谁家有乌鸡，都会第一时间以最低价格卖给奶奶。很多人说，奶奶的脚吃了乌鸡就会好的。可吝啬的奶奶，总是将一只乌鸡熬在几个砂锅，肉都给了需要长身体或者田间劳作的人。她只是将淡的不能再淡的汤就着干馍馍下咽。后来，不知听哪个郎中说将癞蛤蟆敷在伤痛处。就会帮其止疼。于是，我们几个孩子争先恐后地约小朋友去弱水河捕捉。自然，夏天收获很多了。捕的多了，我们养在破缸中，帮奶奶敷脚，也不知到底有没效果。到了冬天，我们所处的山丹小城，冰封雪冻，连牙齿冻得都直哆嗦。这下可惨了！萧瑟的寒风中，我们缩头缩脑来到河边，破冰等待，可上哪去抓癞蛤蟆呢？总是兴冲冲地去，垂头丧气地来。奶奶默不作声，依旧为我们调节饭菜。

终究是病！奶奶有时疼得难以忍受时，呻吟几声，或者抽几支劣质的卷烟。起初，我认为女人抽烟不好，后来才知奶奶抽烟是为了缓解疼痛。于是，我将父母给的买菜钱或是购物的零钱总是偷偷抠下。此外，也留心拾些旧铜废铁等杂物换几个钱积攒起来，等攒到能够买一盒相对的好烟时，奔向邻家的小卖铺，买上一盒觊觎很久的所谓好烟，悄悄地藏在她的枕头下面。奶奶刚发现时，训我并再三质问我钱是那来的？她怕我不学好，实在拗不过，只好从实招来。这时奶奶竟严肃起来：以后不能这样！你要好好学习，将来考上大学挣了工资再给我买。我只是默默地点头答应，然后继续做"地下工作"。也许心照不宣！奶奶疼得实在难以容忍时，不得不从枕头下摸出烟盒，取出一支烟，闻闻，放下；又闻闻。眉头皱得紧了，才抽上一支。多年后，我虽然考上了大学，也有了工作，但是奶奶已经去了天堂。始终没抽上我用工资买的烟。每逢去上坟，我总是不忘带几盒好烟，在奶奶的坟头上点燃。袅袅的青烟中，我总能看到奶奶慈祥的脸。

奶奶天生好强，总希望我们能有出息。她目不识丁，却是生活中的智者。每天晚上都会将每个孩子的作业本或者书铺展得平平整整。碰到集市上有人在废品收购站卖书时，她都会将藏在衣兜里的毛票毫不犹豫地拿出来，换几本书给我们看。我们有人考试考得不好时，奶奶也是长吁短叹的。她没有大道理可讲，只是说些暖心的话，其实那些话比道理更起作用。以至于我们家族出了村子上为数不多的大学生，也是出了名家风最好的。

那双让奶奶不能行走的脚，让她的后半生过得很艰辛，真不知道是什么毅力让她坚强地前行。两只拐杖虽然绑了棉布，但无济于事。后来，奶奶的两个胳肢窝都磨出了老茧，可她总不愿我们背着或者扶着。踟蹰，这个词让我很难心，因为我读出奶奶的无奈和病人的难以忍受。就这样，双拐成了奶奶生活中不可或缺的工具。有时，她跪伏在地上做这做那，但是从不低下高昂的头颅。年少的我们虽做不了什么，但那个永不服输的身影总激励着我们不断前进。

记得有一次，奶奶带我去张掖的大姑家小住几天。姑父那时是工人，因为有技术，分了个四合院。院子里有棵苹果梨树，茂盛挺拔，硕果累累。看着我这个馋猫老盯着树上的果子流口水，奶奶忍了又忍。直到有一天，姑父姑母外出，她努努嘴说，想吃吗？我不假思索地说，想！奶奶用她的拐杖去打一颗果子，一不小心，摔倒了，花花草草也压倒了。我硬是把奶奶抱起来，平时很硬朗的她此时却软软的，手里仍然攥着一个果子。她说，赶紧把果子吃了，把地里整一下。不然你姑姑就回来了。

那一刻，我只是把果子塞在奶奶的手里，眼泪不由流下来。此后，只要和奶奶在一起，我再也不会看到好吃的东西咽口水了。

一年又一年。我们逐渐长大了，奶奶苍老了。生活的磨难没有压弯她的腰，而那两只脚越来越糟糕，有时竟然肿的似足球。在那个苦难的岁月，煎熬成了奶奶的生活。可是，每天我们看到奶奶都是笑容灿烂。日复一日，奶奶越来越苍老。拄着拐杖，总是打颤。

奶奶去世前毫无征兆。那天清晨，下着雨。我上学时，还一再嘱咐我把草帽戴上，把雨披穿好。（那时农村没有雨伞）站在屋檐下目送我出门后，然后回屋去照顾她的重孙（堂姐的孩子）。这时的奶奶好像真的累了，躺下就再没起来。当堂姐把我父母大伯还托人把我们几个大孙子从学校叫回来时，奶奶已经奄奄一息。她说，我累了就想好好睡睡。抓紧治疗，父亲很快去请村里的郎中。诊断后，郎中摇了摇头说，准备后事吧！当大家围在炕前问奶奶最想吃什么？奶奶竟然说，想吃黄桃罐头。当父亲急匆匆地跑了几家门市部买回来时，奶奶微笑一下，没吃两口，头一歪倒在父亲怀里，永远地走了。走得那样安详，走得那样快，大家都没来得及哭出来。

奶奶的丧事简单而又隆重。简单的是由于当时的生活水平有限，只能按村里的风俗习惯做流水席；隆重的是村里的老老少少都来了，大家都念叨着奶奶的好！奶奶平日里喜欢管张家李家的闲事，帮忙照看孩子，帮忙喂猪喂鸡。丧事上尤为惹眼的是，做寿材的匠人都是本地很有名的，活做得很仔细。不管是刨，油漆刮腻，甚至画棺材。画匠在我们县上都是赫赫有名的。有人说，寿材上画了两只金鸟；有人说，是金凤凰；还有人说是大鹏。我宁愿说，是两只吉祥鸟，可以驮着奶奶在天国自由地飞翔。

出殡那天，雨还是下着，淅淅沥沥。伴了奶奶大半生的两只拐杖，随着花圈等纸货烧了。画匠还给奶奶画了一辆小汽车，说是到了另一个世界，奶奶出门时就方便了。甫说，还给画了个司机呢！糊纸货的匠人们也专门给奶奶做了一双精致的拐杖和童男童女一并随奶奶而去。奶奶的灵柩随着孝女们的哭声一点一点下沉，最终黄土终结了一生。

这些年了，我常梦见奶奶。她的笑容总是甜甜的。奶奶是一个地道的西部农村妇女，但她又不是！她高尚的品格以及坚韧的秉性还有任劳任怨，从不发火的脾性伴我成长。一个平凡而又伟大的女性，真不知道在天国的她还拄着拐杖吗？但愿不是！

一个傍晚，漫步在湿地公园。风吹着！黄河水哗哗向东流，流走了时光和思念。我望着故乡的方向。向西，向西，河西走廊的一个小村庄，早已物是人非。蔚蓝的苍穹，星光闪耀，银光洒地。多像儿时坐在院子凝望的那轮蓝月亮。不，是紫月亮，是奶奶的一个梦！这个梦就是幸福安康！这也是奶奶喜爱的色彩，她说紫色坚韧不拔，柔中带刚！

黑棉袄

冬天未至，母亲就开始着手缝制棉袄了。

这应该是秋收结束吧！庄稼打碾后，粮食归仓。田野里，只剩下由绿发黄的草木和即将进入冬眠的万物。一场秋风，无边落木萧萧下；一场秋雨，瑟瑟寒气逼人来。秋日，给人希冀的收获，充满了喜悦；秋月，开启了凉意袭人的模式。

秋高气爽，走在乡间的小路上。那个时候，几乎家家户户都将打碾的小麦、玉米等晾晒在洒过水较硬的土路上或者主干道的马路边。每个人家只要有个识字的，就开始在"掌柜"抑扬顿挫的声音中盘算着今年的收获和来年的光景。小麦收了多少？玉米收了多少？土豆收了多少……一五一十，算盘打得噼啪响，本子上画得密密麻麻的。借了谁家的粮，该还多少？公粮交多少？种子换多少？磨面需要多少粮食？存多少？卖多少？算得一清二楚。几番计算后，盯着本本上看有没有落下的。随后，叫过家里的女人一一进行安排：快到冬天了给娃娃做棉衣棉裤几套，给老人置办哪些东西，过年时的花费等等，事事俱细，半是商量，半是叮嘱。只等上粮时将换来的票子一一分发，各行其事。

　　记得我们家上粮时，一般会约上几个亲戚家或者平日里关系好的邻居，我们出力，人家出车。所谓的车，起初是驴车，一车一车，搬来运去，好在家离粮站不是很远，来回也得两个小时吧！早上六七点出门，赶中午时拉完。后来，换了拖拉机一家一车，一个小时基本上就全部拉完了。

　　到了粮站，过筛子、测湿度、过磅、开票……人来车往，金灿灿的粮食遍布双眼，人声鼎沸。无论是哪道坎，总有点不顺利，都会被找个毛病。老实巴交的农民总是陪着笑脸，忙不迭地掏出烟赶紧递上，再说上几句奉承的话。那些"把关者"接过烟，夹在耳朵上，端起桌上的搪瓷缸，猛灌几口，说等会儿等会儿，下午再验。大家只好耐着性子，一边去了，把粮食倒在水泥地上晾晒。一会抄翻，一会眼巴巴地再去问问检验员。其实，农民们拉去的都是上好的粮食，总指望能换几个钱花，谁不希望自己的粮食评个好等级呢？虽然等级间相差不到一毛钱，但那是对农人的尊重和补给！

　　天很蓝，没有风，太阳很毒。大家挤在房檐的阴凉下，等着检验员叫。一车一车的粮食拉进来，一袋一袋的粮食倒出来，粮仓的运输机周而复始。在嘈杂的人声和机械声中，农民们很不情愿但又无奈地将粮食铺展在地上晾晒着。很多粮食已经很干了，可是检验员总挑三拣四地找问题。骂骂咧咧中，该归仓的还是归仓，该过磅的过磅。最热闹的是开票处和领款处。人们围着挤着，一个个喜上眉梢像过年过节似的，数着从窗口递出的钞票。边数边攥着钱，急匆匆地向等候的家人跑去。一路跑，一路上答着熟人的问候：几等？使了多少钱？随后，簇拥着家人兴高采烈地回家了。

　　一时半会上不了粮的人，切开用粮食换来的西瓜和熟人们吃着，等着检验员再次判决：可以了！拉过去过磅！得到答复后，扔下瓜，飞也似地装起麻袋。

还没过关、依旧等待的农民，只好努力地挤出微笑，讨好着检验员尽快颗粒归仓和家人尽快回家。不过，待夕阳西下时，偌大的场院里粮食都回归仓，觅食的鸟儿也会归巢，期盼的农人终会归家。

忙碌的，又是喜悦的！这样的日子会持续到中秋节，家家户户都交了公粮，换来辛苦钱，添置农具和家用以及来年的筹划。

日子不紧不慢地过着。当父亲把一叠钱递给母亲时，也意味着秋去冬来。母亲接过后，压在炕头的席子下面。量了几个孩子的衣裤尺寸，记在纸片或者烟盒上。次日，安排好孩子，忙完手头的事。吃过中午饭，急匆匆地收拾完灶房，便约了张嫂、李婶、王妈、刘姐去了贸易市场，开始采购，比料子、讨价还价。快晚饭时，提着大包小包，往炕上一扔，便算起账来：给这个孩子花了多少钱，给老人花了多少钱，置办家用花了多少？给男人买了什么烟？最后展示的是给自己买的头巾或者袜子，日子并不宽裕，她们总是精打细算，亏的总是自己。

那时大家还都挣扎在温饱线上，置办一套棉袄、棉裤着实不易，完全可以把它看作重要的家当。半丝半缕，物力维艰，置办了差不多要一穿到底。新三年，旧三年，缝缝补补又三年，凑凑乎乎再三年。兄弟姊妹之间还要"薪火"相传。手巧的女人做出的棉衣可体、舒服、干活得力，还好看。手拙的自己弄不好，则要请教左邻右舍的女人，特别是在挖领口、煞裤裆、棉花的薄厚铺垫等的关键环节上，更要请人家把关。所以，村里的女人在做棉衣时往往凑在一起，席地而坐，一面在手艺上取长补短，一面拉着呱就把棉衣做好了。棉袄的扣子都是用布做的，因像吐蕾的梅花，所以叫做梅花扣。套梅花扣是最难的活了，小小的一个布扣子，手巧的女人能将一股短短的布条，在手中缠绕、穿行、打结、拉实，状如顶蕾梅花的布扣子很快就成了。手拙的则慢吞吞地将扣子结了，左看右看，不饱满，也不匀实，什么花也不像，便散开，再结了，再散开……

　　母亲一年中最开心的要数秋天这个时刻，备好做冬天衣裤的布料和棉花。将补料量了又量，算了又算。给老人的布料大多是青色的，给我们的布料基本上是黑色的。母亲将雪白的棉花摊在炕上，一一进行舒展，然后在晴天拿到阳光照耀的地方晒晒。此后，利用农闲时，母亲将各种布料归类、量裁，便开始在白天黑夜里穿针引线，缝制起来。有时，总会在梦醒时看到如豆的灯光下母亲还在缝制棉袄棉裤，不由想起了那句诗：慈母手中线，游子身上衣。临行密密缝，意恐迟迟归。

　　约莫半个月后，大大小小的衣裤像小山一样堆满了半个炕。这时，母亲总会用针撩撩头发说，你们过冬的衣服都做好了！一一试过后该改的改好了，随后就将这些"宝贝"，装进箱柜，放上樟脑丸（防虫蛀）。

　　日子就这样继续着。一场秋风，又一场秋雨后，苍茫的大地遍地金黄。秋已尽，凌乱的风刮过后，北雁南归。萧瑟的秋风中，我们依旧背起书包，走进校园，开始学习。一年四季，除了两个假期，学生的天职就是学习。

　　倏忽，秋霜染白了大地。上学的我们开始在冷风中打颤，河面也结了薄薄的冰层。

　　冬天悄然而至。北方的冬天很冷，真的可以冻死人的！一场飞雪后，母亲拿出带着樟脑丸味的棉袄、棉裤，拍拍打打，让我们穿上御寒。那时，天冷得我们不只是打哆嗦，更多的是冻得手指头像胡萝卜，手背和脚上皲裂，甚至起了冻疮。通常哈着气，暖着手，不时跺脚取暖。晚上热水烫过脚，洗过手，抹上棒棒油（也称凡士林），在火炉上炙烤，很疼，但会慢慢愈合。

　　穿上新棉袄，刹那间暖流遍布全身，热乎乎的。还有棉裤，厚墩墩的。戴上棉手套和棉帽子，系好棉鞋，全副武装，严严实实。尤其是行走在白雪覆盖的树林中，一个个好似小黑熊，笨拙又可爱。

在所有的行头中，最喜爱的是黑棉袄。棉布摸上去平整、光滑，棉花当然看不见了。母亲说是新疆产的，很暖和也很白。领子可以竖起来，挡风御寒。最让人爱不释手的是双排扣。手巧的母亲做得很精致，扣上精神又紧凑，大气好看还暖和。因为我经常不带手套，总把手筒在袖子里取暖。除非必须用手，否则手会永远抄在袖口里。

印象中，故乡的冬天是由两种颜色构成的：至纯的白和至浑的黑。白的是雪，覆压着村庄、田地、沟渠，茫茫无际，寒冷而肃杀；黑的是人，是穿着黑棉袄、黑棉裤，在街巷、集市、阡陌上游走的人，温暖而生动。那时的冬天仿佛特别地实在，硬梆梆的没有几丝温柔，而黑棉袄黑棉裤这时则温存而体贴地陪伴人们走过整个漫长的冬季。

霜降一过，人们就急急地套上了冬装，但这并不见得天气多么的冷，而是大家窘于没有多余的衣裳可供添添减减。初冬时节，人们猛地臃肿了许多，行动也颇感笨拙。这时会经常看到一些劳力，穿着棉袄，却大敞着怀，露出强而健的肌肤，有的在劳作时甚至会脱掉黑棉袄，光起脊梁。这时的黑棉袄，就像不识时务似的，被冷落到一边。但是，西北风一起，那棉袄就金贵起来，就要在腰间束一根粗布带，天气越冷，这根粗布带也会越勒越紧，不给寒气丝毫可乘的机会。

寒冬总是显得特别地漫长。雪一下，乡野就沉寂了许多。太阳出来得晚，人也变得懒懒的，早晨贪恋被窝不愿起床。但总有许多的事情等着要做。起床穿衣是艰难的事，乍暖乍凉的，是需要勇气的。我和弟弟那时正上学，起床时总要给自己以鼓舞，高声背诵"小鸟说早早，我要背着书包上学校……"或者"哆嗦嗦哆嗦嗦，寒风冻死我，明天就垒窝"，然后一脚把被子蹬开，在最短的时间内把前一晚暖在被窝里的棉袄棉裤穿上，为的是长痛不如短痛，更害怕被老师罚站或者担水。

黑棉袄在冬天可以说和我们朝夕相伴，须臾离开不得。白天，穿着它上学，游走在上学的路上。入夜睡了，则要把棉袄盖在被子上，棉裤压在脚头，能顶一床被子用。我和弟弟通腿儿睡，彼此总嫌自己的身上盖得太少，老把棉袄和棉裤朝自己这边拉，互不相让，急了的时候，就在被窝里你蹬我一脚，我踹你一下，打起腿仗。有时甚至光着身子起来争抢，有一次为夺一条棉裤的归属，竟把棉裤从裆部扯开，各自缴获了一条裤腿。害得母亲挑灯夜战，赶在天明前缝补上了裂痕。

冬夜是寒冷的，更多的时候，我们窝在暖暖的炕头入睡。母亲好像每天都睡得很晚，因为我每次半夜醒来时，总见她凑在煤油灯下做活。母亲的活计主要有两项，一是针线活，缝缝补补的。因为我们哥俩特别能摸爬滚打，所以棉袄的肘部，棉裤的膝部烂得很快，棉花经常绽放，母亲必须及时地进行增添补丁；另一个是逮虱子掐虮子。棉袄棉裤上了身，就要穿整个冬天，脏兮兮的，棉袄的前襟布满了垢甲，里面则生了虱子。虱子随时出动，冷不丁咬一口，奇痒难受，手够到的地方还可以抓挠，够不到的地方只能在墙上蹭，很可恶。母亲为我们逮虱子，是在我们睡时，她将我们的棉衣翻过来，搜寻着，俘获一个虱子，会两个拇指甲一挤，就听得啪的一声，一个小寄生虫的生命就发出了最后绝响。渺小的虮子深粘在棉衣的褶皱和线脚里，手指是难以凑效的，母亲就砸。她在向侵害孩子的"敌人"进攻。

北方的冬天，性格是内敛的。倘若天好的时候，向阳的墙跟或麦秸垛下会聚有许多的老人晒暖，他们通常蹲靠在那里，双手抄在袖口里。这些老人的棉袄的扣子很少有板板正正地系着的，而是斜掩着，腰间扎着一根粗布带子。老人的棉裤一律地肥大，且上面是一圈白色的粗布边，裤腰要系上，必须抿几折才行。裤脚也用黑线扎紧，防止寒风的进入。老人们晒暖，大都是排成一溜，就像聚集在一起的黑蝙蝠。"蝙蝠"们大都是默默的，他们从未激烈地争吵过什么，他们劳累了一辈子，力气已耗尽了，他们只图穿着这身黑棉袄黑棉裤，在阳光下懒懒地晒。如果有一小瓶老酒从怀中温着，能偶尔拿出来呷几下，就更好了。阳光在棉袄上留下了焦热，留下了惬意。"蝙蝠"们对着阳光，眯着眼，享受着。

冬日的阳光在棉衣上留下的味道是特别的，我对棉衣上阳光的味道是情有独钟的。母亲背着我们赶集的时候，太阳也是这样晒着她的黑棉袄，阳光把黑棉袄晒热了，蒸腾出棉袄里人的味道，这种味道很自然、很纯正，也很亲切，就像夏日里田野的五谷的味道。这种味道，让你感到温暖和安祥。我在棉衣的熏陶下，很快就甜甜地睡着了。

多年以后，我曾经得过一段时间的失眠症，整夜地辗转反侧，难以入睡，痛苦不堪，后来偶然在母亲那里住了几天。母亲夜里给我盖了她的旧棉袄，我在旧棉袄的气息里，就像回到了从前，伏在了她的背上，得到安慰和抚爱，竟然酣然入梦。后来我把母亲的旧棉袄带回家，放在枕下，睡眠意外地好了。我不知这个结果是偶然还是必然，反正能睡得着了。

现在的冬天好像也不冷，人们早已从黑棉袄换成了保暖衣。那些寄生虫早已从地球上消逝了。但记忆中的黑棉袄，很难褪去了！暖暖的！

火烧云

　　天色将晚，云际渐变。夕阳西下，天边的云彩通红一片，犹如喷发火山火烧的一样。有人说，这是空气中"行走"的青、绿、黄、紫几种光走累了，筋疲力尽了，只有红、橙色光可以穿过空气层探出头来，将天际染成红色。

　　"火烧云、火烧云……"一旁的伙伴大声喊道。一片又一片把天空织成锦缎，最美的还是那耀眼的金红，装扮着天空和大地，绮丽多彩。此时，我们或赶着羊，或推着小推车，或背着一捆捆柴蹦蹦跳跳，兴高采烈地回家。

　　如画绚烂的火烧云没有留住我们行进的脚步，回家的步伐愈发加快了，每个孩子唯恐回去迟了会遭到父母的呵责。这是 20 世纪 80 年代末西部小山村的一个缩影。

　　家家户户炊烟袅袅，路上行人神色匆匆。大多是劳作了一天的农人们。或赶着驴车、马车，或骑着除了铃铛不响，到处都响的自行车，或步行……每个人的目标都一致：回家。家中或有嗷嗷待哺的婴幼儿，或有蹒跚将就好晚饭的老人，还有写完作业调皮捣蛋的孩子张着口，眼巴巴地望着火烧云，甚至还有未赶进圈的羊、驴、马等，还有踱来踱去的大公鸡，躲在草丛中下蛋的老母鸡，还有蹿来蹿去的灰兔子、白兔子……等待是一件焦心的事，无论对动物还是人类。于是，大家加快了脚步，土路上只留下一路颠起的尘烟。

上学，是农村孩子跳出农门的唯一途径。放学后，我们在回家的路上会捡柴火、拾粪，也会打弹球、打三角……虽然各行其事，但都是一路走一路玩，结伴穿过树林、穿过麦田、穿过小路，到自家门口说声明早早点见之类的话。随后，一溜烟都钻进了门洞。我和伙伴们告别后，先将捡来的木棍、木板、树枝等分类后码到厨房。然后生火、烧水。嚼几口干馍，趴在台阶的石台上开始写作业。赶着天亮抓紧写完，不然晚上得熬灯费油（煤油买起来很贵，也费眼睛）。最怕的是冬季，天黑得早，外面也很冷，只好趴在炕上，一边呵气，一边搓着手写作业。

好不容易捱到大人们从地里回来，匆匆煮点洋芋面条或者熬些糊糊，间或有点肉星的揪面片，稀拉哗啦拨拉吃上，就跑到邻家听河西宝卷念唱去了。虽说听不明白，只是凑个热闹。随后睡觉，开始新的一天。

后来，逐渐有了电视，一村的人在有电视的人家踮着脚、昂着头，与其说看电视，还不如听声音。密密匝匝。去早的人，会占据很好的位置，小孩子们挤来挤去，只待安静下来，调天线，转电视不知不觉就到十点左右了，乡村基本进入了酣梦。再后来，热了一阵子彩电风，断断续续看了《少林寺》《血疑》《八仙过海》《西游记》《杨家将》等。又过几年，几乎家家有了大彩电，再也不用串门占位看电视，都窝在自家里想怎调节目就怎调看，想躺着看就躺着看。

那时候，最受欢迎的是露天电影，一般都是提前一周海报贴在大队的一面专门"广而告之"的墙壁上。或白纸黑字、或黄纸黑字、或红纸黄字、或蓝纸白字，花花绿绿的，大事小事都在那些招贴的海报上获悉。

大家看到电影预告后，都会把手中的事赶紧做完，期待那天到来。其实，电影场实际上大多都是打麦场。树两根木杆，拉一块白布，两边绑上喇叭，胶片机吱呀吱呀转个不停，一场电影就开始了。大人们收拾精神像过节一样，孩子们早早抱个砖块或拎个小凳坐在前面。再后面是老人，最后面是年轻人，基本站着。待到电影结束时，大半人都消失殆尽。很多恋爱者，借着看电影的幌子偷偷约会去了。这里纵使是一个欢乐场，也会曲终人散。

最喜欢的还是暑假，小伙伴们虽然自家都有安排，还是能约到一起放羊、拔草。每天，天还没亮，大人们都急匆匆去挣工分了，我们也迎着朝阳出发了。你赶着两只羊，他拉着一头驴，吆喝着去了田地。

这是秋季，收获的季节。唯有这个季节让大大小小、男女老少欣喜不已。丰收，意味着大家能过个好日子。那时，还没机械化，大人们在露珠中收割地里的庄稼。微风吹拂，金黄的麦浪，希望的田野。农人们躬下腰，挥着镰刀。"刷刷刷……"他们蹲着割麦，前行几步，熟透的麦子就会倒下一片。打捆、码垛、装车，一个个笑容可掬，浑身都有使不完的劲。

洋芋花、萝卜花、葱花开得正艳，豆角正在结荚，胡麻香气四溢，还有其他农作物都弯了腰，沉甸甸的。繁忙的田野，收获着一年的希冀。

我们这些小孩，或拾麦穗、或帮大人捆麦子。放牧的羊，在收割完的庄稼地里觅食。中午和大人们西瓜泡馍馍，或凉面充饥（菜很少，茄辣西、豆角炒肉是最奢侈的菜了）。好不容易等到太阳快落下山时，我们的好日子就要来临了。

一场雨过后，或者晚霞满天时，总会看到火烧云，娇媚、璀璨像一幅画迷离了我们的眼。大家只是将课本里学的火烧云和眼前的景象略加评点而已。此刻，最诱人的是晚餐。中午休息时，大家早已分好了工，密谋一番后，偷洋芋的、盖土炉的、看羊、驴等的。用拾的麦穗或挖"老鼠仓"的胜利品去换西红柿、黄瓜的，捡柴火的各司其事，轮流进行。

落日的余晖下，一群孩子开始了他们的晚宴。

这天，我和小兵负责盖土炉。小兵先找好一块靠树荫地，但不能靠麦田近，怕引发火灾毁了庄稼。他开始挖坑，很用心的。我呢，要选择干燥的土块，从下到上垒成金字塔状，上面留个顶，先不盖，下面留个口。悉心专注地做好各自的事。等到捡柴火、偷洋芋的回来，大家围坐一起，置入柴火开火烧炉。火焰红红的，也映红了我们的脸。待火烧得土块变红，马上操到，埋没火苗和洋芋。随后，大家开始分享胜利的果实。按分工干活的多少分西红柿、黄瓜、豆角（可以生吃的）。干得多，冒险的（比如偷洋芋的，偷果子的）会分大一些的或多一些。分好了，大家拿到水渠旁洗洗，用衣襟擦擦，吃起来，一个个吃得津津有味。

待到洋芋味透出来，大家马上屏住了呼吸，等待美味。大强是烧洋芋的好手。此刻，击两下掌，大家静悄悄的。他用木棍轻轻挑出一个，捏捏再磕去泥土，闻闻。不紧不慢地说，再焐焐就好了。大家盯着那个小土包，馋涎欲滴，静静等待，也没有一个人言语。

太阳很不情愿地下山了，我们的夜宴启幕了。"好了！""好香！"随着大强的叫声，大家不约而同地也叫起来。大强拨出一个，不用抬头，看也不看就将每个烧好的洋芋拨到每人面前。大家都不会抢，人人有份，各不相同。大强心中有数，谁干得多少，干得好坏，早已成竹在胸，所以分配的洋芋。大家都心照不宣，从不争吵。于是乎！每个人将烧洋芋捧在手里，左手扔到右手，右手扔到左手，吹吹打打。剥去上面沾着土略焦的皮，一块金灿灿的洋芋马上递到嘴边，"真好吃呀！""好沙！"。吃着说着闹着，田野了充满了快乐的笑声。

太阳也好像被感染了一样，逐渐沉下去，藏在山后面了。吃美了，大家起身赶着羊，拉着驴，一路哼着只有自己才懂的小曲回家了。余晖拉长了我们回家的影子，每个人心里都有欲言的愉悦。

尤让我们大快朵颐的是烧玉米，烧豆角，最数过瘾的是烧麻雀。现今，说起来有些虐心。麻雀是我们拿弹弓打的，更多的是从屋檐下或树窝里掏来的。如果说烧土豆是"急火攻心"，那么烤麻雀可是慢火煨烤。细工慢活，才能品得美味。麻雀网罗好，先用泥糊上，然后生火，待火烧成灰烬时，翻来覆去，几次三番，三番几次。糊上的泥烤透了，才把泥取了，连泥带毛褪去，然后用小火烤成栗色，没有任何佐料，不多的肉，吃起来却是满嘴溢香。这是儿时最好的美味，也是饕餮大餐。最恼心的掏鸟窝时，不小心会掏出蛇。曾经有位伙伴被蛇咬过，幸亏抢救及时，否则后果不堪设想。胆大者将蛇弄死也烤着吃，美其名曰烤小龙肉。看着几个伙伴吃，我偷偷闭上眼睛，总怕复仇的蛇会找来。

那些年，最好的生活就是如今人们命名的野炊了，不仅果腹，而且美味；不光彩的事儿就是"偷食"。在那个年代偷吃东西不算偷，最多的说法就是馋嘴。我这个"吃货"就是有名的"馋嘴"，曾经一度偷吃家里藏起来所谓的零食。奶奶、爷爷及父母发现后也是睁一眼闭一眼。记忆犹深的是：有次我和伙伴小文偷过几次苹果和向日葵让大家分享后，大家群呼好棒。在大家的鼓动下又去偷豆角。这次没跑远，就被生产队的守护者抓住，没收了我们的红领巾，吓唬还要把我们交学校处理。那时，最怕就是学校知道。我每年都是三好学生呢，幸亏父亲和几个好心的叔伯及时赶到赔礼道歉，并允诺赔偿，才算被放过一马。

到家后，父亲一声没吭，倒是母亲絮絮叨叨地说，一个人贫穷不可怕，最可怕的是品格。偷东西不好，是坏品质的表现。絮叨了半晚，总而言之，人穷志不短，任何时候不能偷东西。那晚我面红耳赤，比平时早睡了。此后，"偷"这个字从我人生中的字典也抹去了。

日子在不紧不慢，不愠不火中度过。如果说童年是贫穷的，我觉得更是富有的。童年的趣事是讲不完的。童年是我们最开心和难忘的，如今，回老家，我总会去那时烧过洋芋的田野去看，哪怕就坐在田埂上，抽根烟也会想很多很多的往事。然而，往事逐渐被剪断了，我们儿时的景象早已不复存在。留在记忆里最深的是，火烧云下，一群快乐的孩子烤洋芋、捡麦穗……或许那就是人生最美的景致。

血红雪白

　　天地也无非是风雨中的一座驿站，人生也无非是种种羁心绊意的事和情，能题在天际的言语总是很好。每次，我去上坟时，都会觉得心中怅事许许。在萋草中、在纸灰中、在香烛中，如释重负，总觉得万般的好都是因为不能了断不能割舍而来。

　　记得那日，风紧雪骤，呵气成冰！雪一片一片，大地顿时苍茫。一口血红的棺材在悲怆的唢呐声中缓缓下沉，随之下沉的还有我的心。跪在新开的坟茔，顿时成了一雪人。雪依旧下，送殡的人们生了堆火，一边烤一边干活。很快，黄土掩埋了红色的灵柩。堆起一个坟头。随之，弥漫了坟头，白白的，犹如小叔清白的人生。

　　小叔是父亲的弟弟，也是爷爷最小的孩子。

　　人的一生都是奔波的，小叔的日子总是忙碌的。从自记事起，他就没消停过。由于当时的家境和所处的社会环境，小叔没上几天学便开始务农挣工分补贴家用了，农村的生活向来过得恓惶。

　　小叔讷言，平常总是善于幻想。大多时候，乡里乡村或者家族甚至整个村子的人都觉得他说的都是奇言怪论，不可思议。事实上，他的那些言论大多来自收音机或者一些发黄的书籍中。再加上他的思辨，闭塞的村民们孤陋寡闻，因此觉得他的言论都是异想天开。

有段时间，连字都识不多，更不用说有画画基础的小叔居然画起画来。他画得最多的要数龙，张张迥异，有模有样。真不知是天赋，还是反复练习，皇天不负苦心人呢？没有颜料，他翻出爷爷做木匠活的墨斗，倾其用之，找点朱砂配之；没有纸张，买来廉价的麻纸，粗糙的不能再粗糙，充其量也只能称之为草纸，临摹的不是连环画就是墙画。笔法稚嫩，着色单调。不过，乍看栩栩如生。当问及为何只画龙时，腼腆的小叔竟然呢喃着说，龙是中国人的精神，是力量的源泉。后来，由于维持生计，少了时间，他也只能在忙碌中搁下了画龙的事。

小叔想做生意来改变生活。他善于动，但是由于环境所限，只能小打小闹。贩过菜、卖过调料，还卖过卤肉之类的。总之，不管做什么买卖，他从不短斤少两，以次充好。他常说，做人要实诚。今天你算计别人，明天就是算计自己。

也许是他的人生观和价值观在农村有所不同，在婚姻上也因此比较迟缓。大家都很关注这件事，后来不知受了什么刺激，估计还是经济的原因，他不再相亲成家了。就那样，开始了一个人的生活。自己生活、做饭、洗衣、干活……

由于想法不同，他将种植的土地包给了别人，开始了打工生涯。实诚，或许是他的秉德，但是太实诚的人总会受到很多的委屈。当过小工、炸过石头、去过石棉矿、运转煤块……苦，伴随了他的后半生。

小叔做人实诚，做事实在。他从不得罪人，也不消极怠工。因此，工头觉得人善好欺，总给他分配最苦最累的活。他一忍再忍，忍得有时工友们都替他抱打不平。或许，强大的意志支撑着他艰忍的生计。

难以忘记的是，奶奶去世时，他在离家四十里外的山里炸石头，当口信传到时已经第二天了。第三天一大早，等车，没车。等不住，他竟然一路走来，山路弯弯，留下了他崎岖的脚印。几乎走了一天，水米未进。当跪到在奶奶灵堂前时，大家才发现他的鞋底已磨破了。有人说，他是一根筋。我却认为，这就是他坚不可摧的毅力吧！

小叔一生多舛。记得有一年，他去新疆打工。一个夜晚，天漆黑。老板让他继续干活，可能是太累了，一个趔趄闪下去，是个深坑……当工友们把他救上来时，摔断了几根肋骨。黑心的老板没送他去医院，只是让工友们抬进工棚休息。就这样，他躺了一周多时间又开始工作。这些事，都是工友们后来回家才说的。真不知道那段时日，他是怎样熬过来的。在外面或在村里，他从不惹人惹事，一直忍让，就连我们祖上留下的宅基地也让给了一个外姓人。理由是：人家外来人没地方住。有时家里人说，他胳膊肘向外拐。但更多时候家里人都哀其不幸，他受了那么多常人无法忍受的痛。

面对生活的磨难，他从未畏缩。每次从工地上来时，包里总买一些好吃的给我们这些上学的侄子、侄女吃。他时常挂在嘴上的一句话：人不能没有文化，一定好好读书，我就是吃了没文化的亏。当问到我们的学习成绩时，如果考得好就奖赏，考得差他就紧缩着眉头。

生活总是和努力的人们开着玩笑。上大学后，我除了假期回家见见他，很少再联系。他也曾给我写过信，可能是我手懒吧，回信少。以至于后来他不惜长途电话费，每个月都给我打电话，鼓励我好好学习。回家聊天时，他总让我给他讲讲外面的世界。工作后，他总是教育我要堂堂正正做人，勤勤恳恳做事。多年来，我也是这样做的。

小叔走得比较急，我接到他去世的消息时，正好在外地出差，忙不迭地赶紧飞回兰州，家都没回，又赶火车，终于在次日天明之时赶到。烧纸、磕头、焚香、敬酒。看着他的遗像，想哭却哭不出来。按照家乡的习俗，停放七日出殡。每晚守灵，大家都去打牌或喝酒，唯独我坐在灵前，敬烟、换蜡烛。想和他长聊一次，但又不知从何聊起，只是静静坐着。有时，一阵风吹过，仿佛他来到我身边。我欲言又止，他默默地又走了。我燃上一支烟，猛吸几口，放在灵桌上；再倒杯酒，祭奠一番。出殡的前一天晚上，我写下了长长的祭文，让在场的人嘘吁直叹。终其一生，哀其一生。

其实他不想走，却又无奈地走了。送葬完，那天宴请宾客，我一杯一杯地喝酒，向大家致谢。当客人剩的不多时，我还在陪他们喝，最终喝醉了。酩酊大醉的我，失去了理智，难以控制情绪，竟放声大哭，和几个近邻说起小叔的难。我也不知那天喝了多少酒，说了多少话，直至第二天酒醒，才听父母说我醉得不省人事，是被村里的人抬回家里。有些话，直至今日我仍然无法说出。

这些年，一直想写有关他的文字，每每提笔，却难下笔，不知"梗"在何处。难，苦难，生活难，难倒了一个人。其中的苦衷或许只有小叔的在天之灵方知。

有一年，本想创作一本自传体小说，写了有关小叔的文字大概三万多字吧，突然有一天，电脑中毒失去了。此后我再也没写。一直以来，就觉得小叔在我们的生活中如果说是一棵白杨树吧！也是一棵挺拔的钻天杨，在干旱的西部茁壮成长，顶天立地，与苦难的环境奋争。异于那些小草，长于那些芨芨草，是西部的汉子。一个西部男人的故事。山在、大地在、岁月在、我在。你还要怎样更好的世界？

于千万人之中遇见你所要遇见的人，于千万年之中，时间无涯的荒野中没有早一步，也没有晚一步，刚巧赶上来了，那也没有别的话可说，唯有轻轻地问一声："噢！原来你还在这里吗？"

风睡了，鸟睡了，连夜也睡，就在今夜此刻。

小叔，只能是心中的一块痛。

远去的小叔，留给我们的更多的是一种精神的诉求。

如今，去坟上祭奠时，我总是会多烧点纸，多敬几杯酒，多燃几支烟，寄托哀思。那么，就让常青的沙草伴其一生吧！

沙枣花开

花草是有记忆的，会记得季节变化和人世间的暖。人的记忆，却像一条河流，在不经意间流逝，最终汇成海洋。

五月渐暖，故乡的树木开始葳蕤。记忆中，村子里家家户户都种植沙枣树，尤其是通往乡间的小道两旁，基本上是清一色的沙枣树，枝枝节节，丰繁芜杂，花香扑鼻，蜜蜂萦绕。

在干旱少雨的西北地区，尤其是河西走廊，雨像人们的眼泪，很少流，但留下来也可能会汪洋恣肆，形成涝灾，沙枣树耐干旱，生命力很强！

儿时，我们的水果总是把西红柿、黄瓜、苹果、梨、桃子、西瓜等列在一起，至于樱桃、荔枝、菠萝、猕猴桃等总是盛在罐头里。沙枣是干果，但也当水果。手巧的妇女还会做成沙枣饭来炫耀，让家人和邻居吃个香。可以说，毫不起眼的沙枣还一度成为贫苦日子的"救命果"。

沙枣花开时，大多是在端午前夕。直到现今，还有人摘几束沙枣花或泡在水中，养在室内，馨香满屋，沁人心脾；或挂在门口，香飘四邻，嗅香探源。沙枣花没有开败，日子总是在甜蜜中度过。一起的小伙伴总是相约而行，结伙而玩。当沙枣树抽芽时，淡淡的绿变浅绿，而后银绿，嫩枝也会变成硬枝，向上延伸，直至透出黄色的花，诠释着生命的坚韧。

我们或就近，或远行，总是进行着一场匪夷所思的梦。

乡村的夜晚，萤火虫成群结队，忽闪忽闪，在暗淡的夜色中一粒粒细小的珍珠，将一个个平凡的夜点缀得多姿多彩。许多小伙伴在月光下撵着萤火虫四处乱跑。乘凉的男人们，或端着搪瓷茶缸，泡着浓浓的茯茶；或摇着蒲扇，谝东扯西，不时传来哈哈声。女人们抱着孩子，唱着只有自己才能懂得摇篮曲，或几个坐在一起，纳鞋做袄，各忙各的活，间或窃窃私语，说着女人们的事。暗夜，沙枣花透过暮色沁人心脾，大家都会耸着鼻子多嗅几口。风吹着沙枣树，一声紧过一声。

那时的日子过得不紧不慢，日子穷一点、苦一点，心里也不着慌。尽管岁月的年轮模糊了很多细节，回忆总是给往昔增添了虚幻的光华。童年说短不短，说长不长。长大仿佛就是一瞬间的事。儿时的伙伴，或考学，或当兵，或外出打工……都离开了乡村，只有沙枣树依旧年年泛青、开花、结果，到了秋季仍是金灿灿的耀人眼。

这些年，回家很少。偶尔回去，山村寂寥，老屋静默，就连我家老屋后院也长满了齐膝的杂草，沙枣树只是粗了一圈又一圈，枝叶依旧繁茂。土路不见了，土屋不见了，一座座砖瓦房甚至楼房拔地而起，水泥道路也是干干净净的。那些清贫却蓬勃的日子，一去不复返了；那些儿时的伙伴也很少见了。偶然遇到，似曾相识语凝噎。被岁月磨砺的满脸沧桑，也让我们彼此难以置信。成长，其实是个美丽的谎言。我们经历过，悲痛过，奋斗过，朝气蓬勃过，如今却是两眼相望泪难干。人生，永恒只是一种向往。我们永远奔波在一条未知的路上，蓦然回首，与故乡却是一别经年。

不管时间如何改变容颜，故乡都不会走失在记忆里。而故乡的人，故乡的事却历历在目。在老家，我总是喜欢寻找一些旧物，寻找我的童年，寻找消逝的岁月。寻找是人生的常态，我没法不寻找！那时的小山村绿树环绕，流水潺潺，真的很怀念激情燃烧的岁月，尤其是早出晚归同去上学或者一块去放羊割草的小伙伴，因为他们为我的人生涂上了温暖的底色。更是忘不了摘沙枣时，搭人梯，一个俯在另一个的肩膀上，最后一个胆子相对大的伙伴，会踩着"人梯"上到枝枝杈杈。对了，还有防不胜防的树刺。冒着胳膊被扎破的危险，将一枝一枝的沙枣给我们摇下来。竟然没有一个人去抢大的，最终大家将拾在帽子里或者兜里的沙枣都上缴归拢，然后"论功行赏"。没有一个人不愿意！大家捧着各自的沙枣，一边吃着，一边乐着。岁月更迭，伙伴们都有了自己的事业和生活，如今遇到时只是点头或者寒暄几句便匆匆离开，再也没有儿时的那种亲热，多了几分生疏和尴尬。故乡是割不断的情缘，无论在天涯还是海角，都是魂牵梦绕，真情怀念的地方。

是的，人和人如果没有差距，世界就不会丰富多彩，也不会有人成功，有人失败。差距，有智商的差距，也有努力和懈怠上的差距。儿时的伙伴或鲜衣怒马，或寓居乡村，或平常人生，或飞黄腾达……聚在一起除了喝酒开心外，再也没有共同的话语了。

走在故乡的小道上，依旧开着零零星星花的沙枣树，总想着有一天会金灿灿的缀满枝头。而我们呢？是否有一天也会聚在一起，你捶着他，他拍着你，也可以搂抱，更可以喝酒，将儿时的故事宕开再叙。

行进的脚步，正在坚定不移地逼近，总有一天，春风荡漾，大地复苏，人间的盛夏也终会来临，而我们年少时的伙伴呢，能否会在一起，等在沙枣花开的日子里，嗅着花香，敞开襟怀，谈笑风生，回味秋天里的沙枣。

怀想起来，这样也好！人与人，缘聚缘散。不过！遇见就好，就像那散发着馨香的沙枣树会扎根心间，记载着童年的欢乐！

乡音乡韵

　　春暖花开，草木葳蕤。在这个生机勃勃的季节，遥远山坡上，山丹丹也开花了吧？梦里，是花开的影子，影影绰绰的思乡之情便愈加浓烈。

　　每一朵花都有两个方向：盛开或者凋零，每一个人也有两个方向：故乡或者远方。如果说人生是一场找寻，而我们离开故乡后，为了生计各奔东西，唯心中放不下的依然是故乡。到不了的地方是远方，回不去的地方才是故乡。这是一种乡愁，也是一种情结。人生的丰盈，就是能在每段路途中获得领悟。每一次的思念，更是一种刻在心底不敢时常翻出来晾晒的感怀。

　　岁月赋予我们成长的力量，但渐行渐远的故乡，依旧是难以割舍的，因为根在故乡，那片土地赋予我无穷的力量和勇气。日子拉长行进的影了，心灵多了几分宽恕，于是打开了生活的另一种方式，这也许是自己的内心对人生历程的再次检阅。

　　一轮殷红的太阳坠下地平线，世界悠忽沉寂暗哑。故乡的人，故乡的事，故乡的草木，故乡的河流，还有缓缓走下山坡的羊群……一幕幕仿佛就在眼前，记忆那么遥远，又那么真切。故乡是美好的，童年是无忧无虑的，可以说岁月静美。长大后，儿时的伙伴和自己一样远离故土，不能重聚。重回故乡，满眼是翻天覆地的变化，很难找到儿时的痕迹，重新走在当年故乡上学的小路上，仿佛听见了以往天真无邪的欢歌笑语，伤感的离别之情隐隐在心底作痛。故乡的事，像缕缕炊烟在我的记忆里漂荡，更多的是香甜。

一瞬间，就是一年；一转身，就是一生。一晃离开故乡二十多年了，一张大学的录取通知书如一枚邮票将我寄往他乡。在兰州大学学习的日子，逢年过节回到故乡，总是心生愉悦。走在那条熟悉的不能再熟悉的巷道，吃着可口的饭菜，聊身边的人和事。日子依旧那样流淌，读书的时间好快！

灵魂真是个奇异的东西，越磨越清明。要极目楚天舒，也要铁肩担道义；要鸟鸣水云间，也要大河向东流。

时光无情，往事如风，我们最好的态度，应该是微笑面对抑或目送它远去。时光倏然，我们只能眼睁睁地看日月更迭，任日子如流水从指缝中溜走，来不及说再见。毕业后，怀着一腔热情进入新闻界。年轻的心，总想走遍天涯。多年来，辗转大江南北各个城市。不管行进在绵柔的南方，还是粗犷的北方，面对各种佳肴，总想着家乡的那碗面。也是因为眷恋这碗面的味道，我放弃了人人都向往的春城的工作生活，放弃了南方大都市抛来的橄榄枝，至今还有朋友言及，不免唏嘘哀叹。很多人都说不值，但我一直觉得很值，对我而言，那不仅仅是一碗面，那是故乡的一根"线"，那是扯不断的情思，放不下的牵挂，是我纵然走得再远飞得再高，也指引着我回家风筝的线。

生命、生活，只有在这个时候才能被人感觉出是好的。故乡的阳光、山峦、树木、河流……一切都是那么真实，一切都是那么牵心。时间在走，年龄在长，慢慢才觉得活着是一种修行。一朝一夕有品不尽的味道，才真切；一天一年有享不尽的温情，才唯美。故乡，孕育了生命，给了我前进的力量。

平静的内心享有富足的人生，人的内心比任何事物都要奇妙得多。爱默生说过："世界会为知道自己要往何处去的人开路！"每每看到这句话，故乡的方向会在刹那间明晰起来，内心的无穷力量都会集中于此，心无旁骛。渐渐地，我的文字中多了故乡的影子。无论是焉支山、汉明长城、大佛寺等，随着我的文字走向方圆九州。慢慢地，大家都知道我是一个地道的山丹人。因为乡音未改，字里行间流露着对故乡的眷恋。

苍茫天地间，心自深远处。岁月啊，终究会让你伤迹斑斑，磨平棱角，却留下了独有的味道，那是无法复制的美。故乡，多么亲切温情的字眼儿，总是萦绕在我思念的心头。故乡是我打点行装出发的起点，也将是我羁旅奔波的终点，她像一位慈爱母亲在远方声声召唤着玩耍的孩子。多年来，变的是景和境，不变的是心，一颗游子的心。不管行走多远，故乡永远萦绕在心底，而我，也始终走不出故乡的守望。

夜阑人静时，才能听见自己的心跳；内心清明了，才能窥见万物的灵性。山丹，这个以山为名的西北边陲小镇，这个我引以为豪的小县城，是丝绸之路上一颗熠熠生辉的明珠，更是我心中的挚爱和归宿，我曾在大城市豪言她深厚的历史积淀和灿烂的文化，我的笔尖依然流淌着不灭的赤子情怀！

"为什么我的眼里常含着泪水？因为我对这片土地爱得深沉"。最是难忘故乡情。山丹，是我永远的根。故乡啊！愿你的明天如同我梦里的山丹花一样绚烂，远在他乡的我，继续以你为荣！

故乡的年

腊八节，雪花飘。一大早母亲从老家山丹打来电话再三叮咛，要记得煮腊八粥呀，多吃点，年才好过。听似絮絮叨叨，实际上我知道母亲是遵循传统文化的遗韵，提前进入过年的状态，吃了腊八粥开始犯糊涂，将一年所挣的尽力花光。犒劳犒劳自己和家人一年来疲惫的心和艰辛的付出。

海关大楼上的钟声敲响了，"咣咣咣"音飘过了黄河，很湿润！我家住在黄河边，钟声敲击着我的心扉。一年又一年，日子在钟声中消失得很快。

到了腊月，人们都沉浸在混沌中。城市的人们依旧忙着自己的事：总结去年，谋划来年。一个个就像陀螺不停地旋转，手机也成了生活中不可或缺的，所有的事好像都离不开这个难以割舍的工具。

一场雪后，大地白茫茫的。我想起了故乡的年，儿时的年，那么浓，那么炽烈，就像一坛老酒。

"小孩小孩你别馋，过了腊八就是年。"故乡的年是从一碗腊八粥开

109

始的。进入腊月，人们好像都要倾其而竭。"有钱没钱，回家过年。"奔波了一年的人们，不管路途有多遥远基本上都开始回家了。除尘扫房、买菜购物、宰猪杀羊，不停地置办年货。

说着，忙着，一晃就到腊月二十三。"小年大十五。"忙碌了一年的人们开始缓口气，把灶房收拾得亮亮堂堂。早早烙好"灶干粮"，实际上就是卷了香豆或者糖之类的小饼子。这天，无论贫富贵贱，家家户户都要烙好这种饼子。买上各类糖果，请来"上马符""下马符"，用来祭祀灶王爷。"上天言好事，下地保平安。"鞭炮声中，灶王爷上天汇报一年的光景。在袅袅的炊烟中，麦香味在空气中弥漫，年味愈来愈浓。各家的主妇更加忙碌。辞旧，扫房除去一年的污垢；迎新，将每间房、每件家具、每件物品收拾得干干净净。给老人、孩子张罗着买新衣。奔来跑去，忙得不亦乐乎。

过年还有一周，似乎每天人们都很忙。蒸馍、烙馍、炸馍……在我们河西老家，蒸花卷、各色馒头，烙千层酥、饼干、面包，炸糖花子、油饼，各色品种，各展其美。也是主妇们一展本领的时候，拿出绝活，私下里较劲。心灵手巧者，干完自家的活，还要被请去给别人家做出新花样。在欢歌笑语、水开油沸中，暖融融的年在行进中。

其实，真正的年是从一把尖刀刺进猪喉咙开始的。年前，家家户户都要杀猪。定好日子，邀请几个乡邻帮忙，大锅烧开水。年轻力壮者将待宰杀的猪赶来呼去，直至力竭疲乏，最终被"五花大绑"拉过去宰杀。屠夫磨锋，出手利索，刀进血出。顷刻，一头肥猪三下五除二被分割成若干块，头、蹄、肋巴骨……分割的清清楚楚。洗洗手、屠夫和主人将脖子肉和内脏加入酸菜、粉条，炒作"杀猪菜"，大盆盛上，大家开心地再喝上几杯酒。孩子们吹着猪尿泡，当足球踢来踢去。女人们收拾着"战场"。看着白膘红肉，大家都觉得可以过一个"肥年"。物质匮乏的年代，能吃上一顿肉当然是很奢望的事。

腊月三十，俗称除夕。一早扫净院落，洒水泼街，整个村子焕然一新。孩子们按照大人的吩咐，在麻纸上拓冥币，有红的、还有蓝的，票值不一样，颜色迥异。孩子们也干得一丝不苟，大人们还錾铜钱。女人们剪窗花，手巧者剪得栩栩如生。一切收拾停当，一家人提着各色祭品去上坟，祭祖请先人回家过年。中午时分，大家都赶回家中，男人们带着孩子打浆糊、贴春联，女人们择菜、包饺子，每个人的脸上洋溢着幸福的笑，将春联映得更红。

　　日暮苍山远。不管如何，终是要告别旧年的。天欲将晚，家家户户亮起灯来，整个乡村红彤彤喜洋洋，年味十足。端上饺子煮好骨头，七碟八碗，围坐一起，大快朵颐。其时，孩子们穿上新衣服，拿着鞭炮在院子中放起来。"噼里啪啦"声响中，除旧岁迎新春。长辈们推杯换盏，猜拳喝酒。孩子们看电视吃糖果，女人们也从厨房里走出来，将最好吃、最拿手的尽情地端上来，让家人吃好喝好。十二点钟声一响，年来了！乡村里此起彼伏的炮声，仿佛将一年的所有不快都赶去。五颜六色的烟花，昭示着光彩的岁月。屋外炮声阵阵，屋内欢歌笑语。身着新衣服的孩子们在大人带领下，开始焚香祭祖，祈愿新的一年里佑安赐福。随后，孩子们按礼仪给长辈们磕头拜年，大人们都会奉上压岁钱。啃骨头、看春晚。这一夜，似乎是一年中最长的。用乡下人的话说，这就是守岁！过年，就是一种守候。在家的老人等待在外的游子，在外的游子都在归乡的路途。

　　大年初一，不出门！全家人聚在一起，三顿饭吃了又吃。直吃的每个人肚子膨圆，嘴角流油，连声喊道：吃不消了！若是恰逢下雪，苍茫皑皑中，总是映出红彤彤的春联和窗花。每家每户把炉火烧得更旺，一家人围坐一起，沉浸在一年的欢笑中。不分老幼，尽情享受年的愉悦。

　　初二日出，女婿上门。这一天，女儿女婿收拾精神，带着早已准备好的礼品，携着孩子去拜年。一家人其乐融融，饭菜做了一桌子，碰杯换盏。唠不完的嗑，喝不尽的酒。女婿多的人家，会闹腾到半夜。初三开始，走亲访友，相互拜年。每至一家，都会将最好吃的、喝的摆满，喝酒聊天，似乎将的积蓄了一年的话都要说尽。接财神，送祖先，逛庙会。社火秧歌也开始耍起来，锣鼓声声，笑语盈盈。踩高跷、跑旱船、骑毛驴、大头娃娃扭来扭去、媒婆烟袋甩来甩去……雄狮舞起来，年年好光景。这几天，总是走不完的亲朋，总是喝不完的好酒，吃不完的佳肴，这就是人情世故。正月十五赏花灯，总有雪花罩红灯。昔日纸糊的灯笼，如今已被先进的 LED 等代替了，老老少少走出家门，流光溢彩中寻觅年的滋味。正月十六，晚上跨火堆。过年，一年又一年！

中国农村最美好的前景，就是每个人都能幸福生活，都能寄托乡愁。如此，可以设想，当一粒粒种子叩动大地之门，一个民族最有活力的呼吸，会从地底喷薄而出，凝聚成激越上升的壮观能量。乡村的生命和前景终究会是何种模样，无人能精准预测，任由思索的闸门打开，让思考起航。将整个世间浓缩进一个村庄，由人物、故事的实，上升到生命感悟和探究的虚，一年又一年，书写诗意的空间，体味人间的暖。

故乡的年，传承着幸福与吉祥。故乡的年，承载着游子的梦。

冬天的冰

冰，是睡着的水，水是醒来的冰。在岁月穿越的河流里，冰也成为生命的水。

从我记事起院落的前后各有条水渠，前面的水渠，人们洗衣、洒地，或者用于建筑夯土块、和泥等。后面水渠的水，基本上是饮用、洗菜之类的，人们都很懂规矩，这个渠的水是不容污染的，大家都会竭力保护。这条渠的水是来自南湖上游的泉水，也就是流经之地人们的生命水。

有水就有了灵性，也有了欢乐。夏秋时，劳作了一天的人们，可以坐在水渠旁聊天、拉家常。男人们端着搪瓷缸，抽着旱烟；女人们用羊毛搓细绳、打毛衣；孩子们追逐嬉闹。间或有调皮的孩子恶作剧般趁同伴不留神时搡进水渠成了落汤鸡，幸好水渠不深、水流不快，只是给洗了个冷水澡。春冬，水渠旁，冰花绽放，晶莹剔透，天若再冷会有浮冰，馋嘴的小孩会叼一块跑来跑去。

冬天很冷，我们生活在祁连山脚下小县城。有水的地方，总会结冰。我总会把自己幻化成冰，冻结所有的忧伤，那时我是睡着的水了。如果我是睡着的水，是否已经把血液凝结在透明的晶体，又凝固了多少冰冷的记忆，会衍着一种剔透的冷吗？冰，之于我是一种附体。

没有冰棍的季节，当然是冬天了。随着搬家，我们新的居所离有名的山丹河不到两百米。冬天河面结冰，流水不缓，我和一些小朋友会相约在一片树林里，或是很大很大的沙坑里放满水，让它严严实实冻上几天，最盼的是下雪让冰冻得更厚实。等待结冰的时候，我们也不会闲着，找来木板、锯子、锤子、铁丝等，敲敲打打，比比划划，做个像样的冰车。其实很简单，将几块木板拼成没有腿的木凳，下面扎上铁丝，然后找来铁棍将前段磨尖，做冰拐。同时，我们还用墨水瓶（一般是描红用完的、圆形的那种）倒置，烧好沥青在瓶口嵌入弹球，一个陀螺就做好了。还有一种做法：将圆木锯一段，把一端削成圆锥形，嵌入自行车用的弹珠。上面可用粉笔、彩纸来做装饰花纹。

朔风紧吹，寒意很浓。冰冻得很瓷实了，在一个不去学校的早晨，穿上棉袄，戴上棉手套、棉帽，三五个一群吆喝着去滑冰。在所谓的溜冰场，大家先探探冰冻的是否瓷实。不敢疏忽，有些坑深也有一米呢！找根木棍敲敲打打探探虚实，待探出个究竟时，大家开始热身。一般情况下热身都会在树林里的冰上，因为那里不深。随后聚集的小伙伴们多了，开始分组进行冰车比赛。获胜者将从输的人手里拿过哪怕再舍不得的陀螺。其实大家都憋着一口气，让自己的冰车争口气。

"比赛开始！"随着一声令下，有些技术高、冰车好的选手，驾驭着自己的"战车"奋勇向前，落伍者也在大家的嬉笑中努力直前！你追我赶，冰上见分晓。最终，落后者把自己心爱的陀螺，奉送给胜利者，而胜利者也毫不吝啬将自己的陀螺给了落伍者。大家都不会去争谁的好。只有一个方向：玩得开心。脱了棉袄，丢了棉帽，在树林里无法施展自己的炫技，都会一股脑在沙坑的冰上一展身手！

阳光普照，欢笑无垠。冰车穿梭，陀螺旋转。那时的冰冻得很厚实，那时的童趣很天真。玩够啦，也乐足了，大家纷纷提着冰车回家，并约好下次玩的时间。同时，还安排好放水维修冰场的伙伴。河水依旧流淌，童年的光景美好。

冰封岁月，童趣多多，山丹河一直流淌。也不知何时起，很少结冰了。如今，那条河流水迨尽，正在打造一个全新的山丹河。河边的树林没有了，河床也整宽了，两旁修了木栈道，美化了风景。如今，迈步河畔，再也没有儿时的印象，依稀徘徊的唯有儿时嬉闹声。

一切来去，如冰季般融化消失，透过青翠的点滴，或者阳光在三言两语中融化。虚伪地凝视着极力掩饰的忧伤，学会了一种沉默，在沉默中构建欢乐的城堡和哭泣的废墟，任由记忆疯长。

冷得彻骨，冻得揪心。儿时，每逢寒假时去乡下姥姥家度假，这几个字总会蹦出来。即使穿的再多，还是冷。那时天咋就那么"袭人"。由于在乡下，姥姥家赖以生存，用的水都取自涝池。

河西很多地方都有那个被称之为"涝池"的蓄水池，可能有现在的人工湖一般大。最深处也能达七八米吧！人畜共饮，洗衣洗菜。天热时，蚊蝇乱飞，蛆虫杂生，一般将水担回后要加盐沉淀。冬天相对好些，因为水结成了冰，污染会少。取冰时，赶着毛驴车，上面铺着麻袋片。车里载着取冰的工具：洋镐、镢头、铁锨。到了涝池旁，一人看车，几人去找地方，互不干涉。按先来后到，圈出自己的"范围"。刨冰时，先用洋镐或镢头大致打几个能连成线的点，然后开始刨，小的用铁掀铲进麻包。大的冰块直接抱上车。刨冰者呼出的哈气，顿时会形成霜。彼时的涝池旁，车欢马叫，人声鼎沸，男女老少齐上阵，尤其是春节前夕，更是人多，一家总得拉三四车。

冰，那时就成为农村人救命的水。将冰拉回后，放置到不生炉子的冷屋子里码好，然后取几块放在火烧的锅中预热，逐渐化成水，然后再倒进水缸，用筛子过滤沉淀才能使用。一块块码好的冰块，就成为人畜赖以生存的水。依稀记得刨来的冰，都会并排码在一起，那是庄稼人的生命之"墙"。没有专门卖的冰块那样洁净，好像是土黄色，可能是泥水浸成。

水成了农村人的甘霖，好在后来打了井，慢慢的人们用水也干净多了。如今的新农村都已用上了自来水，打冰的日子，早已成为一种记忆。偶尔，也会想起吃冰水的日子。有一年，我去榆中北山扶贫，由于干旱，吃的是水窖集的雨水，同去的几个年轻记者，喝茶时没感觉（放了茶叶和冰糖），待到端起用水窖做的饭时，不由皱起眉头难以下箸。我不由一怔，随后一笑，端起碗大口大口吃起来。不经苦难，怎懂得珍惜。

冬天的冰，业已融化。如今在冬天看到冰实属不易了，与人们相关的冰箱、冰块甚至冰棍儿、冰激凌，只能是一个个代名词了。在这个没有救赎者实施记忆救赎的年代，一切最快乐的记忆，随着时间的流逝也融化成了水，流入岁月的河。

人间有味

　　人生总会有不期而遇的温暖，生活处处都是情，都是累。只要你留心用心，日子就会更加丰盈有趣。

　　小区的"微笑保安"不见了，习惯了让他开门，见他时刻微笑，还有帮业主送小孩、扶老人……人们一下子不适应了。"那个小个子，怎不见？""表现好可能被提拔了吗""可能被调到更好的岗位了"……小区的居民进出大门时，总会叨叨几句。

　　"微笑保安"是我们小区门口值守的一个保安，因为身材矮小，再加上大家都不知道他名字，总是习惯性的把它称为"小个子"，丝毫不带贬义。看到他，我总会想起这句话：对于无情的时光，飞翔的往事，我们没有更好的态度，只有微笑的送走了。

　　我们住的小区环境舒适，管理严格，尤其是在安保方面还是尽如人意，小区的保安都会尽职尽责。我遇到"小个子"是在搬进小区的一个月后。有天，同学帮我拉来几箱书。由于小区管理有规定，车不能进入小区。按章办事，同学只好把书放到小区门口有事先走了。我去借推车。

117

在值班室，我见到了"小个子"，他正在擦桌子，擦得很仔细，仿佛要把世间的一切尘埃都要擦拭而去。当我说明意思后，他放下手中的抹布，让我写好登记，仔细看了下。随后，带我去取推车。他问我是不是刚搬过来？还说小区的人，他基本上都能认清。我有点惊讶，小区内每天进进出出那么多人呢？他说，只要你用心，每件事都能做好。话虽简单，但做好的又有几人呢？推出推车，他说轮胎气有些瘪，随后拿出打气筒，不由分说打起来。

以一颗真诚和善良的心，才能洗净物像表面的尘垢，没落与颓废，还原给人们真善美的清新美好。犹如每天清晨，沐着露水，向阳绽放的花蕾。当我搬书时，"小个子"忙不迭过来帮忙。装好书，他打开门说，你有好多书呀，真好！目光里充满了喜悦。

人性中蕴藏着这样柔软而有力量的情愫——善良，可以让彼此缺乏信任的陌生人放下心中的戒备。正如罗佐夫所说的那样："感人肺腑的人类善良的暖流，能医治心灵和肉体的创伤。"善良是一种良知、一种本性，它立足于道德之上。小区每天进进出出的人都很多。有人带钥匙、还有没带钥匙的；有老人小孩、还有不同职业的人。只要是小区居住的人，他都会面带笑容说声"来啦！""下班了！""出去呀！"。开门，迎来送往。看见提东西多的人，他会推来推车，帮着放好。看似微小的动作，但给人的是一种温暖。

寒来暑往，他始终面带着微笑，嘴巴也很甜。小区的住户都很喜欢"小个子"，业主群里大家都会不由自主地给点赞。每逢接姑娘时，出去早，我都会得空和他聊几句。他总说，有文化多好，现在上学的孩子们多幸福。有时，他也会说上学的娃娃们真辛苦，每天背着那么重的书包。看见学生走来时，他都会说"辛苦了，赶紧回家！"他早早把门打开，看着学生一个个走进小区，微笑着目送孩子们。孩子们都会向他挥挥手，或说叔叔再见。

人生最大的魅力，是有一颗阳光的心。只有心里有阳光的人，才能感受到现实的阳光。如果连自己都常常苦着脸，那生活如何美好。无论是明媚的春天还是萧瑟的冬季，只要他值班，人们都会在他的笑容中进进出出。得空时，我也会和他聊聊天。他每次都会说，人还是要学习，有文化、有知识多好，可惜我念书不多。有时也会欣喜地告诉我，他儿子考试有两门成绩得了满分，那种喜悦比吃了蜜还要开心。我知道那不是炫耀，更多的是分享喜悦。

又到了春意盎然，万花竞香的日子。有一段时间没见"小个子"了，取快递或报纸杂志时，有意识的走小区其他门，想去撞见"小个子"，结果都不尽然。多次和女儿进小区门时，她都会张望值班室，未果。女儿说，或许是"小个子"表现突出，被提拔给领导服务去了。我心里也暗暗为他祝福，有个好岗位，收入或许会增加一些，日子会过得更好些。

风可以吹走一张白纸，却无法吹走一只蝴蝶，因为生命的力量在于不顺从。雨后的金城更加妩媚，像一幅水墨画，空气也很清新。吃过饭，我看离接下晚自习的女儿还有半个多小时，就下楼去小区转转。小区内草木葱笼，花卉绽放，生机勃勃。晚霞灿烂，纳凉的人很多。闲步中，听小区居民议论说，最近外面的人总是混迹于本小区，破坏环境，要是"小个子"保安在，就不会有这样的事了。他基本认识小区的人，绝不会让陌生人混入小区的，然后叹口气说，也不知这个"小个子"去哪了？从人们的谈话中看来，"小个子"给大家留下了印象不仅仅是好，或许更多了一种依恋。

是的，每次在小区内散步，看见环境优雅，绿草如茵，繁花满树，我都会在心内泛起一种感恩的心情，感恩世界如此优美、青翠、繁华，更感恩为我们美好生活付出艰辛劳动的人，禁不住也会想起"小个子"。当我信步来到值班室时，看到另一个保安在记录着什么。我便走出大门，在门口张望着姑娘校车来的方向。不觉间，身旁多了一人。哦！原来是刚才忙碌的那个保安，我不由问起来"小个子"。

真正的幸福不在于拥有多少财富，而在于内心的安定与丰盈。不戚戚于贫贱，不汲汲于富贵，真正融入片刻，纯真无伪的生活，只有微笑记录，有人情的温热。在攀谈中，得知"小个子"是因为家里的事才离开小区保安岗位。他的母亲常年有病卧床在家，有两个孩子，一个女儿，一个儿子。十年前媳妇离家出走。彼时，女儿五岁，儿子三岁，家庭顿时塌了天，生活的重担一下子压在他孱弱的双肩上。好在他是失地农民，征地给他补偿了三套楼房，母亲略有点退休工资，再加上他每月的工资，日子过的还算可以。女儿上了技校，争气的儿子考上了在金城数一数二的好中学，他的日子也有了希冀。

时间的变迁与无常是不变的真理，随着岁月的更迭，生活很多时候是无明的心映现的影子。就在"小个子"在众人的点赞声干得有起色时，物业公司对保安工作进行了调整，原来的三班倒改为两班倒，收入是增加了，但工作的时间却变了。三班倒时，"小个子"白天大部分时间可在家里度过，给老的、小的做饭，操持日常家务。小日子也过得井井有序。三班倒后，白班、夜班轮流上，一下子还有点不适应了，日子仿佛也突然间乱了。倒班后，第三天上夜班的他居然睡着了，恰好又被监控拍下了。物业公司看监控时看到他上班睡觉，于是按照管理条例给他罚款一百元，以示警告。次日，"小个子"交了辞职书，并说好将保安服装洗好后归还。

万事万物都有价值，其源于人心的价值，尤其人的价值，如果心的价值，不被发现与确立，事物的价值也就得不到确立了。"小个子"的辞职让物业公司傻了眼，不是干得挺好的，也被业主认可，难道是因为扣了他一百元钱吗？不这样做，小区的安全还有其他保安如何管理呢？为了留住他，物业公司还是赶紧摆出态度，钱不扣了，好好干去，下不为例！出乎意料，"小个子"还是不依不饶的要求辞职。物业公司蒙眼了。

难道这个人是为憋口气，于是又好言相劝与他面谈。"小个子"这才说出了真相：倒班后，他不适应，白天忙得团团转不能休息，晚上肯定会瞌睡，时间长了不出问题才怪。上白班也顾不上家里，女儿还得做饭，耽误娃娃学习。儿子学习好，他除了不时鼓励儿子好好学习，通过学习来改变命运外，还要按时给做好饭。跑来跑去，他做不到呀！

不要以以一个人的现状，去判断一个人的未来。每个人应该清楚自己承受的生活，能够真实面对生活，就要负重前行，努力去追求自己想要的生活。儿子是他的骄傲，更是他生活的全部希望。不能因为自己上班误了孩子的前程，一倒班彻底乱了生活，他只好向美好的梦想低头。物业公司明晓情况后，不好再勉强，只能随他意愿了，于是小区没了他的微笑，更没了他的身影。

生活无论遇到好事还是坏事？在漫漫人生的旅途中，只是轻轻一痕，不悲不喜，淡然前行。就在昔日的同事们替他惋惜时，好消息又传来了："小个子"的一位亲戚在环保部门工作，得知他的近况后，伸出了援助之手，给他谋了一份清洁工的差事。早上七时上班十一时下班，下午三时上班十九时下班。这样他不但可以照顾母亲，还可以给孩子们做饭，而且收入还不少呢！

夕阳西下，暮色苍茫，天际泛起的光晕那么耀眼，也那么瑰丽。每个人都要有扬在脸上的自信，融进血液的骨气和刻在生命中的坚强，"小个子"虽然处在平凡的生活和岗位上，但他却以自己的微笑赢得了自己的人生。听值班的保安絮叨"小个子"还有美好的梦想：等女儿学习后谋个工作，找个好对象嫁了。他虽识字不多，但儿子的学习在那个有名的中学里，年级排名在前，他以儿子为精神支柱，付出了同龄人难以想象的举措，卖掉一套房子，专门供儿子上学，一套出租贴补家用，还有一套住着。等儿子考上心仪的大学后，他还想娶个媳妇温暖那个冰冷的家。说到这里，值班保安眼睛里透出的亮，仿佛点燃小区门前的每盏灯。

一道刺眼的车灯射来，我女儿乘坐的校车来了。我赶紧和值班保安打声招呼，奔校车而去，这也是我的希冀——希望辛苦的女儿也能考个好大学。天下父母的心都是相同，希望孩子们都能走出一条亮堂的路。

活在苦中，活在乐中；活在盛放，也活在凋零；活在烦恼，活在智慧；活在不安，也活在当下，这是面对生活最好的方式，我们如果过的都是千篇一律的生活，那么是不是都有一副空虚的皮囊？

同样一棵树，春天生机勃发，冬天落叶萧瑟；同样一个人，心中有爱，向暖绽放，日子便会过得有声有色。还是让我们回到素朴的生活中，一切都是"小楼昨夜听春雨"。日子都是撕过一页，少一天，生活都会因内心坚强，会变得更加充实。只要用心用功去做事，这个世界就不会辜负您！

寂静的力量

一辆出租车戛然而止，停在我面前。夜色迷茫，唯有车灯闪烁，这是在我家乡的一条马路上。"老同学，上来。"我不由一怔。是他？还真是他！

寂寞像一种菌，静静腐蚀着独影自命的岁月。其实，我这同学，更应该是朋友。我们是初中同班，他刚健、勇猛、好胜，更喜抱打不平。那时校园正兴"江湖"，三个五个同学，拉拉杂杂，或许是为了一点小摩擦，或许是为了一个面容姣好的女生，总是不免会引发一场殴战。彼时，也说不清是江湖义气，还是青春奋发。总之，除了风声雨声读书声外，更多的是逃出教室成一统。毕竟，那个时代，除了物质匮乏，江湖也很闭塞。不似如今，一"网"知世界。

男孩子有男孩子的义气，女孩子有女孩子的秀气。读书的好读书，凑热闹混江湖的也不乏其人。他那时血气方刚，总是嫉恶如仇，行侠仗义，也颇具时代感。班里总有几个"江湖大哥"依着有点名气，欺负几个乡下来读书的同学，每每他都会挺身而出。

那是一个冬季吧，炉火正旺。有个"江湖人士"不但抢了一个乡下同学烤的洋芋，还出言不逊。他上前拿过洋芋，并警告不许欺负弱者。这下可恼了那位"江湖人士"愤然而起，扬长而起。待我们放学回家时，意想不到的事发生了。冬天的傍晚，黑得特别快，影影绰绰中他被一群所谓"江湖人士"追逐厮打，后来听说受伤了。过了几天，他来上课，我们都不由自主对他肃然起敬，那位被欺负的同学过去向他道谢。他微微一笑，大声说道："不许欺负别人，大家都是同学嘛。"话不多，同学们不由鼓起了掌。他只是默默坐到自己的座位，读起书来。又过几天，学校开会给了他还有那几个人的处分。随后，他便沉默了，但是再也没有人欺负乡下来的同学，也没有人敢扯女生的辫子了，因为只要有那些行为萌动时，他总会怒目而视，让那些人马上束手。

黯淡总是难免的，所不同的是，有人总能拨亮自己，有人却走向消亡。现实像团麻，扯淡才会有生命。大地上的事情，真正能懂的人，恐怕不多！

日子在不紧不慢的学习中流逝。草青草黄，倏然，我们在忙碌的学习中迎来中考。一些优秀者上了中专，一些人上了不同的高中，每个人都在忙活自己的前程。有天，我在去学校的路上碰上他，依旧那样神采，问他做何打算。他坚定地说，考上了就上，考不上就去做生意。

秋叶渐黄，秋风萧瑟，原本是个收获的季节，但并没给我们带来太多的喜悦。校园里被风吹皱的红榜，决定了每个同学不同的命运。我去了另一个城市读书，他留在县城读书，平日里我们很少见面了。虽说我们家离得不是太远，有时碰见他姐和妹问近况时，只说比以前沉默了。

一晃，又是三年而逝。同学们的命运就像过筛子一样，筛过之后，各奔东西。有天，我去看他。眉头紧锁，拳头攥得更紧了。我知道他很努力。往往，有时事与愿违。九月，我踏上去金城求学的班车，快开车时，他急急奔来，送上一支钢笔，大声说道，希望将来成为大作家。我的眼里噙满了泪水，两双手紧紧握在一起。他的心我懂。班车渐渐模糊了他的身影，像山丹长城横亘在我心中。

岁月更迭，我在求学的路上不遗余力。为了减轻家里沉重的负担，假期打工分忧，很少回去。春节回去时，我们会一起喝酒。他只是死命地抽烟，缭绕的烟雾包围了他。本想劝劝，欲言又止，他先是给家里帮忙，由于是几家人合伙做生意也不太好做。为了生计，他又卖调料，每天骑自行车驮着几种常用的调料，走街串巷。我在寒暑中完成大学学业，他在风雨中奔波生计，日子就那样不咸不淡地过着。

日子不紧不慢，生活跌宕起伏。有一年，他捎信来说结婚了。我带信说让他好好过日子，读书也不是唯一的出路，打起精神趟出一条道。生活不会十全十美，阳光不是每天灿烂。每个人都在逐梦，只是奔波的方式不同。大学毕业后，我也为了生计四处奔走。我们的联系少了，只是听父母说，他有时会去我家中和我父母聊聊，问问我的境况。其实，在忙碌或闲暇时，我也总会关注他的日子。

人可以一辈子不登山，但心中一定要有座山，它可以使你总往高处攀登，越过山丘，与生命和解。总有个奋斗方向，让你在任何一刻抬头，都可以看到自己努力的希望。我知道为了养家糊口，他一直向前，不断地改变生活。

于无常处知有情，于有情处知众生。生活是横在每个人心中的一座大山。不经意间，我总是通过各种渠道获知他的动向，总希望他的日子过红火，毕竟我们见面少，即使见了面喝的酒，抽的烟也比说的话多。

晴天霹雳！有天，我正在外地采访，忽然接到父亲的电话，说我同学出车祸了。顿时，我瘫坐在地上，万物暗哑。怎会呢，只知道他有了孩子后，为了赚更多钱去跑长途运输了。孰料，竟会发生这样的事儿，我随即让父亲代我去赶紧看看。

心急路远。那时，交通和通讯还不发达，我们生活在河西走廊的一个小县城，相对落后闭塞。过了几天，接到父亲的电话说，命总算保住了，但不能行走了！我无语，回家第一件事就是直奔他家。并非我想象的那样颓废，他反而更坚强。在聊天中，我得知他受伤后几经治疗恢复的还不错。生活给了他重创，但没压垮他的意志。身体恢复的差不多时，他买了辆摩的在县城拉客补贴生活。

人有时很强大，有时很弱小，关键看有没有被自己击垮。他告诉我，起初萌生了一些不好的想法，后来几经思考，不能跪着生，而要站着生。跑摩的不仅是为了生活，更是为了排遣心中的郁闷和寂寥的日子。人生天地之间，若白驹过隙，忽然而已，他有自己的目标和方向，他的心是充实的。

风吹来沙，再带走沙，没有停息。人总是这样，在别人的故事里流着自己的泪，人心的叵测与人性的诡异总是永远存在的。人生在世，问题层出不穷，其实很多时候要不断问自己，这重要吗？还不能放弃么？他一直没有放弃，也许他心中的梦只有自己知道，因为他走的那条路一直延续着他的梦。

生活就是这样，有着太多的身不由己，有着太多的无奈和心酸。当眼泪掉下来的时候，也许真的累了。其实人生就是这样，每个人有每个人的困难，忘不了昨天的耕耘，忙不完今天的劳作，想不到明天的所遇，离开的都是过眼的风景，努力的才是生活的本相。只要回家，我总会和他见见面，或许是短暂的无语，也许是一些身边的人和事。他总是沉默，短短几句话，总之话比以前少了。每每，我总想和他大醉一场，醉的是心情，但醒来后呢？

世界上没有一件事情可以把你击垮，也不会有一件事情让你一步登天。慢慢走，慢慢看，生活就是一个人慢慢积累的过程。你只能活一次，但要活得明白，一次足矣！用心面对眼前的每道难题，只要你努力去做了，最终发现也不过如此。不管多苦多累，就是一直努力做一件事，好好活着。

一支烟拉短了我们之间的距离。这次因为回家仓促，没去见他，而又是这么巧，待我去火车站时，漫天飞舞的雪花中，我站了十几分钟没打到车，居然好像是专门在等他。我上了车，我们没有言语。只是相互看看对方，几分钟后，他发动车都没问我去哪，直接向火车站的方向奔去。

车外飞雪，风在呼啸。还是我打破了沉默："这次来去匆匆，本想见你……"他忽然打断了我的话："都好着呢！别惦记，姑娘已大学毕业，在成都工作了，还找了个男友，媳妇这几天去看了，儿子也在上职专，轻松多了，都争气，我也换了个车，摩的不让跑了，散散心。"随即问了问我的近况，突然高声道，"好好干，只要去做，没有做不成的事儿。"话虽很简单，蕴含的道理却不浅。一路上，我们有一搭没一搭聊着，彼时心却是安静的。

话长路短，说话间火车站到了。我下车时，他紧紧握着我的手说："不方便就不送你了，做好自己的事，以后回来有空我们好好喝场酒。"我只是狠命地点了点头，心一横背起包走向车站。在晶莹的雪花中，我看着他载着一名乘客渐渐远去。

列车在奔驰，我的思绪纷飞，这些年和他交往的场景历历在目，他是我同学中最平凡的一个，却又是最让我敬仰、难以释怀的。他的生活虽艰辛，但意志却坚强；他的言语很少，但又富有生活的哲理。他是我同学，也是我生命中的益友。他是平凡生活中一个不平凡的人，他的静默更多的是一种坚毅。

有些人，有些事一辈子都难忘。回到兰州后，我只是在微信中不时问问他的近况，总觉得他就像春风中的一棵白杨，总在努力向上地长着，扎根愈来愈深。

春日里，我泡杯茶，捧本书，静享时光。总会不经意间想起他，想写写他，每每提及笔，总觉得沉甸甸的，想写的太多，又觉得想写的难以入笔。

春光里，一个高大的影子矗立着，那么寂静，那么向上，又那么恬适，努力活出自己的样子。春天很暖，相信他的日子也很暖。心有暖阳，兀自芬芳。

第四辑　蓦然回首意阑珊

甜蜜

时间如水草，逐浪去了。总会留下了记忆，更多的是甜蜜。

幸福，是一种人生的感悟，一种个人的体验。只要心中藏着善良，眼里带着光芒，总会活成自己努力的模样。不管别人说什么做什么，自己必须是善的，内心保持向上的纯洁；也不要让将来的事或者身边无关的事困扰你，与其操碎心得不到好，不如善待自己理性地对待好身边的人和事。有时候，一腔热忱会陡遭一盆冷水，当你忘记所有东西的时刻临近，被所有人忘记的时刻也已经来临。还是要保持自我，以积极的思想看待每一个人和每一件事。

苍茫人海间，有千万重惆怅，也有万千种温暖。厚德的温暖，会让人生丰盈。惆怅再多，也必须得消灭。云总会散去的。暖与不暖，都在自己的心间。别人，无须多言，更无须多心。每个人总想改变别人，而拒绝改变自己，凡事得有主次。

纯净的天宇间，湖水是大地一双清澈的明眸，那些亲情似水的流年与蓝天交相辉映。人生的烦忧，大部分是来自过去习气的积蓄和衍生，以及对未来欲望的企图。如果活在当下，无病呻吟的烦忧会立刻被隔断，心无挂碍方能笃志前行。

活在苦中，活在乐里。曾在工地上看到过建设者们的拼搏和艰辛。烈日下，电焊工溅出的火花洋溢着他们的笑容，那是甜蜜的劳作；寒风中，钢筋工编织的霜花，凝结在冬日的挂历上，映出了他们甜蜜的付出。不管是劳碌的身影，还是奋进的脚步，在恶劣的环境中，我总会看到建设者们嘴角挂着甜蜜的笑，昭示着他们的辛苦汗水终会浇铸强固的建筑。他们过硬的技术，终会交给人民强硬的质量。不服输，迎难上，这些当代的"愚公"，用自己的奋进谱写一曲曲华章。看到高速上奔驰的车辆，高架桥上飞驰的列车以及高楼上如梭来去的人群，他们会感到非常自豪。当人的价值得到尊重和展现时，付出者就会收获甜蜜。

咿呀学语，蹒跚学步的孩子后面总是跟着充满笑容的父母，他们在享受着养育的甜蜜。年迈的老人，看到儿孙绕膝，满堂欢喜，甜蜜油然而生。婚礼场上，相恋多年的爱人终于牵手，共同迈向幸福，他们甜蜜的吻，述说着来之不易的爱。

世间最珍贵的不是"得不到"和"已失去"，而是现在拥有的幸福。一直都在期盼，一直都在渴望，却从不会在温暖的阳光下晾晒自己灵魂。总是耿耿于怀或者止步向前。你的行动不要迟缓呆滞，你的谈话不要缺乏条理，你的思想不要漫无目的，不要让你的灵魂产生内部的纷纭和向外的迸发，也不要在生活中如此忙碌以致没有闲暇。安静时，多思考思考，前进的速度或许因此加快。

不管何时、何地、何境，都要保持一颗宁静的心，才能经营美好的生活状态。静是一种品格，可以沉淀浮燥，滤去都市的喧嚣。静是一种智慧，能感悟生命的善，顿悟人生的暖，酿出甜蜜的笑。

人生只有奋斗出的辉煌，没有等待出来的美丽；人生没有一劳永逸的开端，也没有无法拯救的结束。即使一切都失去了，只要一息尚存，就没有理由绝望。我们或许改变不了环境，但可以改变自己；改变不了过去，但可以把握现在；不能样样顺心，但可以事事尽心；不能选择容貌，但可以展现笑容；不能消极怠工，但可以苦尽甘来。一切都会有甜蜜的结果，只要尽心尽力奋斗过。

世事离戏只有一步之远，人生离梦也只有一步之遥。珍惜当下，换个角度看生活。生活不能等待别人来安排，要自己去争取和奋斗。不论其结果是喜是悲，但可以慰藉的是，不枉在这人个世上走了一遍。与其浑浑噩噩，不如抖擞精神。有了这样的认识，就不会玩世不恭。同时，也会给自己注入一种强大的力量。

不知道世界是什么的人，也不知道自己在哪里，因为他已经迷失了自我，迷失了方向。而对于一些终日惶惶，不知道自己为何忙碌的人，那他们的愿望很容易会被满足，他们也不会有甜蜜的感觉。

不要思绪纷乱，而是在每件事中都要遵从规律，即知即做；不要怨天忧人，而是在每个人前都要不卑不亢，用心学习。甘当扶梯人，愿作酿蜜人。其实，做一只辛勤的蜜蜂，多艰苦的劳动都是甜蜜的。别掉进蜜罐不知甜！甜蜜来自无私奉献者和心怀大爱的人。

声响起

　　万物有灵，皆有生命。大凡世界万物只要有生命皆有声音，或闻声而起，或寂声而静，或不声不响。

　　刮风有风声，打雷有雷声，下雨有雨声，涨水有水声，开车有车声，说话有话声，花开也有声……万物皆有声，但声音有大有小，语气有硬有软。心静才能听到万物的声音，心清才能看到万物的本质。大凡时间为圆，万物皆有自己的一席之地。如歌如幻的朦胧中，闭上眼，一种天籁般的神秘之声，从天边静静飘来。

　　大千世界，芸芸众生，无论何境，皆有听众。世界的音响有千种万种，或许尘世的喧嚣蒙住了耳朵，但是你要用心去听。生命是一场声音的戏剧，大自然如此，万事万物都是如此。然而，不管是哪一种声音，只要细心聆听，就能品味其中之美，其中之真谛；也只有细心倾听，才能发现其灵魂所在，以充实人生。

　　雁过留声，人过留名。大凡做事不走心的人，他的人生必然只是走走过场。我在行走中，有两个讲解员的声音，把我带进了久远的历史。

133

一个是天水伏羲庙的刘亚丽，一个是敦煌阳关博物馆的吴丰萍。

一东一西，两个小女子，讲的都是大故事。一个是伏羲文化，一个是丝绸之路；一个是人文始祖，一个是文化圣地。循着她们静水深流的讲述，瞬间你会发现原来历史书上那些枯燥的文字顿时活跃成了丰富的意境，让您驰骋，令您神往。历史是厚重的，但在两个讲解员抑扬顿挫中，除了聆听，更多的是神往。

两个女子，一种人生。沙哑的声音中，她们坚守；洪亮的声音中，她们执著。因为心中有梦，人生因此丰盈！

石中或许会有鱼，海中或许长森林；而在心之高原，你骑一匹汗血宝马，为这种声音，对生命的向往开始了不可救药的追寻。

人间肺腑透亮，堂吉诃德的响鞭，闪亮着指向夜空。听，花儿开放，绽出一片火红色的声音，多美；听，阳光穿过树叶，投下斑驳的叶影的声音，多美；听，婴儿第一次睁眼，眨巴眨巴的声音，多美。

你若喜欢听，机器轰鸣饱含工人的辛苦，多美；你若愿意听，火车的吼声，饱含人们回乡的急切，多美；你若用心听，残疾人的歌唱，饱含了人生的辛辣酸甜，多美。那是一个让我尊敬的残疾人，他让我改变了长期以来歧视的看法。倾听生命行走的声音，这声音隐约而清晰，细微而执着，越来越深。我们既是谱写者，又是倾听者。善于倾听的人是幸福的，细心聆听，才能发现生命之大美和生命的真谛。

小时侯，我爱上了自然之声。

自然之声，有的如琵琶铜锣铿锵有力，有的如长笛洞箫般婉转悠扬，人类是大自然的孩子，而不是自然的主宰者。只有获知大自然真实的声音，才能更好的与自然和谐共处。煦暖的阳春，清凉的初夏，静谧的凉秋，柔和的深冬，朦胧雾，萧瑟霜，凄凉雪，一杯茶，一段梦。那些简简单单振动形成的声波，竟会带给人如此奇妙感觉，让人不得不佩服大自然的神奇和艺术的迷人。溶溶月，淡淡风，声声鸟鸣，烈烈西风，大自然以独特的方式展现自己的内心世界。放慢节奏，驻足倾听，你定能发现大自然的美，和着大自然的心声。从欢快的鸟鸣中，可曾嗅到了春天的气息？从巨浪拍打岸边的涛声中，可曾发现大自然的宏伟与壮丽？

长大了，我爱上了音乐之声。

我常常沉浸与那些跳跃的音符中不能自拔。相同的旋律，触碰到不同的耳膜，可能会产生天壤之别。只有细心聆听，才能发现其中美之所悦，美之所在。音乐凡声，因倾听而具有灵通。《命运交响曲》的激昂不屈；《小夜曲》的舒缓静谧；《天鹅湖》的婉转悠扬；《十面埋伏》的凄凉哀伤……都已成为大众灵魂深处耳熟能详的旋律。迷惘时，彷徨时，只要那淡淡的音乐入耳，一切心头难解的心结便悄然消失，一切忧伤都缓缓释放。音乐三日绕梁，不绝于耳。

听雨，是一种享受。

淅淅淋淋的小雨，噼噼啪啪的中雨，哗哗啦啦的大雨。雨是天生的音乐家，这世界万物都是它的乐器。雨打在玻璃窗上，窗子便清脆的唱起歌来；雨打在翠绿的树上，树便迈着沉闷闷的步伐起舞。诗人们也爱听雨。《春晓》中有"夜来风吹雨，花落知多少。"《春夜喜雨》中有"随风潜入夜，润物细无声。"《山居秋暝》中有"空山新雨后，天气晚来秋。"……不胜枚举，别有韵味。

听琴，是一种体验。"大弦嘈嘈如急雨，小弦切切如私语。嘈嘈切切错杂弹，大珠小珠落玉盘。""转轴拨弦三两声，未成曲调先有情。"一曲琵琶音，司马青衫湿。音乐里有人生，生命中有音律。

聆听生命，是一种宁静。从早春的鸟啼，到仲夏的鸣蝉，暮秋里有鸦戏水，严冬里有北风吹的声音。生命的勃发与可爱把大自然装点的更加迷人。还有医院里初生婴儿的啼哭，那样的有力，传出好远。一个婴儿的啼哭，可以拯救一个生命。

时间是一种势，是物所具有的一种势，一种温度。任何物都有这样的一种势，因此才有时间。有时间的向度，就有昨天、今天、明天，有了现象。有生死的温度，就有生命，有食物、有爱、有精神。当人们沉湎在对世界和心灵的发现与思考而将语言浑然无觉地自然运用了数千年之后，终于真正让友情透出了一种温度。

胡杨依旧绚烂，草原依旧羊群。身如流水，日夜不停流去，使人在闪灭中老去。心如流水，没有片刻静止，使人在散乱中活着。罗兰·巴尔特说，让意象在一条毫不相干的线索上各自发光。所有的声响，总让我难以莫名。笑的时候，不一定是开心，也许是一种无奈，甚至是苦笑！

每个人都有一方心灵牧场，给心灵一个栖息的地方，给思想一片飞翔的天空。无论外界如何浑浊、阴霾，属于自己的那片心灵牧场总是那样洁净和阳光！

"远翔驰声响，流雪自飘飘。"在心灵牧场，我们该种植些什么？才能让心灵的花朵，永不凋谢。

当疲惫的心被俗世浊浪侵蚀得面目全非时，当日夜为生计奔波的心越来越沉重时，不妨适时地把它放牧在那个最朴素最自然的牧场，在广阔的牧场上纵情歌唱。引洁净的甘泉，掬温暖的阳光，捕清爽的微风，携柔密的细雨，灌溉、照耀、吹拂、滋润它。如此，每一季都会在千回百转的岁月中收获到最初的淳朴芳香，还有静好从容。

宁静更是一种心境，所谓我心即万物。我心宁静，万物宁静。如此状态，源于人心宁静。留给自己的答案是：宁静是淡泊的内核，淡泊是宁静的外延。于是给自我断定：这生命就在这宁静中度过，也许我的生命并不成功，但宁静淡泊的生活会开卷有益，让我精神充沛。这就是精神领域里的最大的一份储蓄："淡泊明志，宁静致远"，其中的哲理全部源于生活，是生活教会了我，在淡泊中得到了更多，宁静中我走得更远。

然而，生命中更多的是声响。远处的星子迎风舞动，风里的声音，还透着黑夜的气息。前方并没有郁黑的森林；而泥土的琴音，丝丝入扣。它们，是在闪烁火焰中合奏特有的人文么？其实高原沉默。让一座座雄浑的大山立于时空之下，岿然不动。

不知是谁坐进古老的黄昏，凝视着夕阳。在不声不响中，聆听万籁。

声响起，生命为之循环。也许一个轮回，就是声声唤起的无数个火花，点燃了激情。

三生石上

  一支笔，就是芸芸众生；一张纸，就是大千世界。文字一旦有了灵魂，就会呈现出一幅幅精彩的画面。正因为那些不同寻常的经历，所以才能写出不同味道的文字。生命的洪流让一些人渐渐泯灭了最初善良的本质，但是也有人历经无数风雨变迁，依然不改最初的善良。善良，是从未遗失的心性。只有拥有一颗善良的心，才能真切地感受到别人承受的痛。

  人生本是一场漂泊，只是有人漂泊的距离近一些，有人漂泊的距离远一些。每个人都会犯一些错，然而重要的是，意识到自己的错误就要立即改正，这是青春的逻辑，也是人生的真谛。历史车轮碾过岁月的渡口，风是一柄刀，雕出了时间的沧桑，刻出了人生的履痕。人只要充实起来，生活就会呈现出异彩纷呈的美妙画面。花开花落，青丝万缕，系不住悠悠往事。

  金城的记忆在四季风中轮转不息，每个季节，都有相似的年华，倥偬离去。只是不同的光年，吟唱的并不是同一支曲子。光阴的故事在青春韶华里渐渐沉淀，繁花似锦的记忆在流年中留下一段绚烂的剪影。是啊！生活总让人从襁褓婴孩一步步长大成人。生命是一场旅途，每个人只不过是过客。辽远的天空留不下飞过的痕迹，带走的只不过是点滴的记忆。生命，总在取舍中凸显价值，璀璨的生命留驻着历史跫音。每个人都是这样，经历过生活的凄风苦雨，才能脱离曾经的童稚，快速长大、成熟。温室里是养不出万年松的，所以总有人在娇生惯养的环境下，青年时依然异想天开，怯步创新，潜藏的危险与真实的灵性无关。

苏格拉底曾经说，世界上最快乐的事莫过于为理想奋斗，而比起这个更值得庆幸的是我们还活着。生活被沉淀在波澜不惊的岁月里，痛苦与欢乐吟唱成寂寞，只是严冬也会将寒风刮成刺骨的凛冽。经历虽痛，但不失为一笔人生的财富。

喜欢流星划过天际时的一瞬，与岁月的长河赛跑。夜幕中，看不见深邃，就像生命的溯源。只想掬一泓清泉，去探寻明天的光芒。偶尔捡起一块鹅卵石，抚摸时间留下的脉络。飞雪凝练着世间最纯净的梦，荣与辱，悲与苦，喜与乐，终究要沦陷在滚滚红尘里。人生有梦，三生石上。时光的年轮中倒映着一桩桩或深或浅的故事。最幸福与最痛彻心扉的感受，往往被灌注在梦想。不懂人情世故，对于成功，也只是纸上谈兵。早些经历风雨，就会让一个人尽快成长起来。太多的磨难，就会让人懂得如何生活，怎样面对人生中诸多的困苦，于汝玉成。

不同的空间和时间对话，偶有交集，却始终泾渭分明。一个光鲜，一个灰冷，这就是人生，也许诗意长存于浪漫乐观的心之上。

同样的年华，却是不同的宿命。叛逆的灵魂，究竟是生命的馈赠还是悲苦的种子。可生命的路还要继续走下去，每个人不得不在眼前的人生路上，扮演好自己的角色。为了追寻一份安宁，有人一生都在艰难地跋涉。流浪成就不了生活的阳光，唯有向上，才会温暖岁月。总是会有那么一些不平衡，在人们心中潜藏着。然而越是刻意远离，越强烈感觉距离越来越近。

一念之差

在喜乐的日子，风来疏竹，风过而竹不留声；雁度寒潭，雁去而潭不留影。君子事来而心始现，事去而心随空。大家都是人间路过，各有各的滋味，悲喜交集，冷暖自知。

云有云的欢笑，风有风的无奈。你的注意力在哪，人生就会在哪。一个人在不平凡的境况下，拥有平凡之心，知道如何走进平凡人的世界，知道这世界是原来是平凡者所构成，自己的不平凡是多数人安于平凡所酿成的结果。

在这个世界上，没有人能真正了解或知道自己，倘若连自己都不能寻找生命的根源，不能觉知自我的光明，就连自己也不能自知。不要说先知先觉，后知后觉，不知不觉了。每个人一味地为自己的过错找借口时，却总是忽视了内心的忐忑或难以掩饰的表情，其实眼神告诉别人已输了。

人生的缺憾，最大的就是和别人相比，和高人比使我们自卑，和俗人比我们不入流；和朋友比自己虚伪。外来的比较，是我们内心动荡不能自在的来源，也使得大部分人迷失了自我，蒙蔽了自己心灵原有的馨香。

每个人都会在低谷时，希望有人扶一程。事实上，锦上添花都会，雪中送炭很难，但落井下石最易。有些人，平日里看似和善友亲，和彼时正向上的你好得胜似兄弟，唯你马首是瞻，言听计从，甚至会拣世界上最美的语言让你心花怒放。此时，顺风一刮，那株草早就飘向它方，依附在另一株树上。

人啊！危难时，别忘了给曾经帮过你的人暖暖手，宽宽心。低谷或许是走向高峰的蛰居抑或又一个开始。见异思迁，随风而倒终究不会有一个真正的朋友。一念之差，或许为自己的一点小心思而失去挚友；一念之差，或许会真正暴露了平日里隐匿的真实面目；一念之差，恰恰忽视了自己的真实存在。

一个人，如果对于他的好只有在适当时机来临才是善，他做出较多或较少的合乎正当理性的行为对他乃是同样的，有较长或较短的时间来沉思这个世界对他亦没什么不同——那么，对这个人来说，死亡也就不是一件可怕的事情了。是的，活着是一个人的事，死了是更多人的事。生是小事，死是大事。在经历了成人礼、婚礼等之后，唯有葬礼自己不在场。因此，死亡不再是恐惧的事，会朝着不知方向而又有方向的地方，去找到自己的故乡。

有时候，不要刻意回避什么。一念之差，或许会从天堂到地狱；一念之差，也或许会从厄境走向辉煌。别看有些人平日里满脸堆满了笑意，谁知是不是笑里藏刀呢？而有些人冷若冰霜，关键时刻会送你一程，心灵绽放美丽的花朵。怕就怕在，恰恰平日里最信任的朋友，最终成了背后捅刀子的快手。

一个热爱名声的人，把另一个人的行动看作是对他自己有利的；那热爱快乐的人也把另一个人的行动，看作是对他自己感官有利的；有理智的人，会把他的行为看作是对自己有利的。不要老想着没有和已有的东西，而是想着你认为最好的东西。利己，首先要利人；损人，最终是损己。人生，不要有太多的算计，算来算去，小聪明最终贻害自己。决定一个人能走多远的，永远是你正在走的路，以及路的方向，而不是出发时的位置。相信路不止有一条，但必须走好正在行进的这条路，否则条条路都不通。不管如何，我们终究是寻常人。

所谓人生，不过是一场旅行——轻便到几乎一无所有，却什么也不缺的状态。这应该是人生中少有的经验，才能充分享受极简人生的乐趣。比起最后胜利的人，离开的那个才是真正赢家。

其实，在云的那边依旧阳光灿烂。

树，渴望见到人的影子；风，害怕迷失了行踪。一株草，亲近另一株草。另一株草，挽留着落单了蝉，人生何尝不是如此？当你在困苦时，朋友的尽心倾力或许是最好的安慰；当你前程似锦时，也别忘帮昔日患难的友人一把。人，最脆弱的是心灵。口腹蜜剑，会让曾经向上向善的人哀莫大于心死。

一念之差，还是要把握好人生的方向盘；一念之差，别造成千古恨。毕竟，这个世界是温暖的！

思想开花

　　人和树木不同的就是有思想，可以奇思妙想，也可以胡思乱想，但不能停滞思想，否则就成为废人了！

　　秋，渐远。凋零的世界让我恐慌，心也像落叶一样离开。负重前行，面对的是明日希冀。心中没目标，脚下没方向。每个人都渴望闪现思想的火花，步入成功之列。然而，又有多少人能够脚踏实地，一步一步迈向成功呢？

　　一个人无论经历多大的挫折，别人终究扶不起你，一切还要靠自己努力向上。想要从普通变为优秀，有一个"一万小时定律"，即需要一万小时的付出，才能成为某个领域的专家。如果每天工作八小时，一周工作五天，那么要成为一个领域的专家至少需要五年。但是，从优秀到卓越，则需要更长的时间。有人说，至少需要十年，还有的人至少需要付出一生的艰辛。

　　如果不付出，纵使昙花一现也不过如此。命运，是什么？就是一次又一次的修行，只有把这颗心修得强大，修得不向命运低头，最终才能获得涅槃。既然无法改变现实，就去改变自己吧！让自己在悲痛中，学会驱赶失望和沮丧，还有那深入骨髓的绝望……

思想埋在泥土里，无法长出生命的萌芽，无法窥探这个世界，因此产生孤独感。让思想与思想碰撞，才会有更加坚定的意志来尽显其能。思想开花，前进的脚步才会明确方向。人无所舍，必无所成。一个人，能抓住希望的只有自己，能放弃希望的还是自己。怨恨、嫉妒只会让自己失去更多。无论成败，都要经过思想。一个没有思想的人如同路边一株树，年复一年，只长了枝丫，长不成精神。温和地坐在黑暗里，才能心平气和地思考光明的梦想。

生活越接近平淡，内心会更加灿烂。经历了世事的智者，终会顿悟，虚张声势只不过是娱人娱己，而内心的宁静，才会更纯粹更净洁，愈接近灵魂。做人，是永恒的起点，也是永恒的终点。错误的答案，不足让你选错，而是给足选对的理由。圆规为什么会画出圆，因为脚在走，心不变。而扭曲的人性是心不定，脚乱走。世间真正温煦的美景，都熨贴在大地，潜伏在山谷，唯有人的思想，任由自己不停。

深秋，风冷，人心却是暖，因为丰收！人的思想也是如此！尽管如流往事，每天涛声依旧，只要我们消除臆想或杂念，便可寂静安然。细数人生的过往，都是一部属于自己不朽的传奇。伸出双手，握一缕清风，融一抹优雅的文字，把它们挽成生命的小花，撒落风中，用流淌的笔记下点滴的琐事，铭记春秋，把心刻在文字里来诠释人生。

在生命中，总有些人安然而往，静静守候。不离不弃，也有些人浓烈如酒，癫狂痴醉，醒来万事皆空，来去如风，梦过无痕，淡然是一种优美，一种心态，一种涵养，一种境界，

花开一季，人活一世，想开了自然微笑。看透了，终会放下。

让思想开花，让梦想落地。清晨朝阳依旧明媚，黑暗必定隐退，不能让言辞像落叶一样飘零，不能让思想在静默中寂然绽放。

秋阴不散霜飞晚，留得枯荷听雨声。人生面临重大选择时，总要有思想的鉴别。任何事情都有两面性，有成功的希望，就有失败的可能。每个人都有做人的底线，超越底线，人性就会扭曲，做事情就会不择手段。

岁月的长河中，我们所做的每件事，如同我们撒下的一粒种子，在时光的滋润下，慢慢生根、发芽、抽技、开花，最终会结出属于自己的果实。于无常处知有情，于有情处知众生。凡世间之事，撇开一些纠结就不苦了；看方寸之间，能按捺住情绪才是人生大智。向外，不断追求生命更高的境界；向内，不断触及心灵更深处的感动。并且，把更高的境界与更深的感动，不断与友人分享，才能让自己更加充实。

知我者谓我心忧，不知我者谓我何求。许多事情，其实并无玄机，就是有些人思想活跃，想法太多总在疑惑真假。有些情感，一旦失去就是覆水难收。世间之事，纷纷扰扰，对错得失，难求完美，但一心想要事事顺心，反而会深陷于计较的泥潭，不能自拔。

做人，就两个字：善良。做事，就两个字：坚持。一个人能走多远，靠的不是眼睛，而是眼光！一个事能做多大，靠的不是技巧，而是格局。做事做人没有捷径，只有厚德载物，真诚用心！

让思想绽放，让梦想丰盈。思想开花了，梦想就会结出自己想要的果实。

实不相瞒

蓦然回首，一地飘落的金色年华。

秋已深，花凋零，木萧萧。

此刻，恕我直言：心地是命运的一片风光田园，妙处自古难与人说。心地起烽火，还向心头消；万物皆是客，终归寂静处。对错成灰，无人无我；苍茫大地，山河瑰丽。人，其实不需要太多的东西，每天开心就好。只要健康的活着，真诚的爱着，也不失为一种富有，洋溢在脸上的微笑才是生活的真，才是生活的样子。

真正供养生命的东西，是思想，是精神，是灵魂，是内心的繁花似锦。

凡事要有意义。阿谀奉承，貌合神离那是虚伪的面具，掩盖内心的恐惧。在平常的日子，也要散发诗意的光芒。

看取莲花净，应知不染心。绝不敷衍，绝不将就。要把做的每件事想象成另一种可能，竭力尽心地去做好。一段刻骨铭心的经历，一场细腻荼蘼的琐事，懂了，疼了，也就放下了。

蝉鸣是风苍凉的意境，飘落的叶子在风中劲舞，翻着浅浅的浪，如一列编磬，敲击出古典的音色。不觉间，能感到这是最美的音律，在这个收获而又萧瑟的季节竟是如此沉重。生活是一阕词一首曲，静美的韵律，吟到无平无仄，奏到指端弦断。

诗书藏于心，岁月何曾败。幸福，就如一球蒲公英。轻吹，即散落于天涯。能握住的，仅仅是空气。有的路用脚去走，有的路还要用心去走。人不论在什么时候，都不要委屈自己。

人呢，为了心中的那份信仰与坚持，向上而生。不管遇到什么困难绝境，总能奋力活出生命应有的美好。是的，每个人都不会一帆风顺，总会遇到挫折。碰到困难，不要过分埋怨自己。抱怨世态，更不要指责他人，不要放弃信心，不要逃避责任，一定勇敢面对，迎难而上。有问题不可怕，可怕的是不敢直面，找不到解决问题的思路。当一个问题还没解决，只是一味逃避，总有一天问题和困难会垒成一堵墙向你压来，那时面对的压力可想而知。知难而上，每个问题都要及时解决，路途才能平坦，人生才能丰盈。人生只有摔打，唯此才能让身体和精神变得健硕，遇到困难再也不会感到害怕。

每个人来到世界上，都渴望荣华富贵，安逸享受，随心如愿，可在纷扰的世间，没有谁一生平坦。面对苦难和矛盾有些人就此沉沦，有些人勇敢面对，有些人冷眼观察。

人人渴望成功，渴望即刻成功，但学问与成功，不是一朝一夕的事，有时成功需要加上一点点运气。不能模仿别人成功，可以学习成功人士刻苦钻研的方法，让自己有机会成功。最终，用心竭力不断学习者成功了，徘徊止步者难心安。

人人祈求健康，但健康也是靠自己来实现。少和让你生气的人在一起，少和事多的人在一起，更要少和敷衍你的人在一起，也要少和阿谀奉承、谎话连篇的人在一起。平时走走步，打打球，爬爬山，呼吸新鲜空气，锻炼身体，增强体质。和谁在一起开心，就和谁多联系多聚聚，哪怕唠唠嗑也行，不管是清茶一杯素菜一碟，只要聊得尽兴，聚得高兴就好。心情好才是真正的健康。人生犹如四季，各有各的生趣，愿我们多做有意义的事，少给别人添麻烦置障碍。活着，就永远在场，与其患得患失，不如修炼自己。无论将来遇到什么事，遇到什么人，生活都是先从遇到自己开始。

实不相瞒，每个人都有自己的方向和目标，每个人有自己的经历和征程。如果只看到自己的优异而看不到别人的长处，一叶障目，人生就会因此黯淡。世界是由精细的时间来运转，如果握住瞬间，就会把握好此时此刻。

心如明月，身如秋水。秋风里全是匆忙的秋声。其实，生活不是诗与远方，而是脚踏实地过好每一天，懂得美与好的人，才会更加珍惜美与好。越是孤独寂寞的时刻，人们往往越能看清自己的内心。

枫叶红了，银杏黄了。菊花也逐渐收敛了灿烂的笑靥。深秋的味道里，难免多了淡淡的惆怅，心里种下风雅的种子，早晚会开出灵性之花。人生有许多事，都是不可思议的。

实不相瞒，孤独与寂寞，是人心不坚，无所事事。一个人只有让自己真实起来，做好自己的事，过好向往的生活，足矣！

本来无一物，何处惹尘埃。风雨雷电，波涛一惊，相视一笑，一切就都过去了。

古乐情怀

　　这是个民族音乐渐渐被淡忘，交响乐占据高雅乐坛的时代。事实上，最能体现中国文化审美内涵的便是古典民乐了。管乐清远悠扬，恰似险峰古柏，沧桑中长满青春，单纯中饱含内蕴；弦乐嘈切有致，好比湖波海涛，急促而不杂乱，舒缓里孕育着蓬勃。

　　一丝一竹，便可将人带到闲远绵邈的意境中去。交响乐讲求宏大的旋律，整体的协调，力求以繁丽胜，以气势胜；而古典民乐或轻弹慢捻，或执管徐吹，几个音符后，奏者、听者的心都已随着音乐与自然融为一体了。以意境胜，以恬淡胜，乐音萦耳，心旷神怡。

　　古乐，是心灵的憩息地。难眠的夜晚孤独地对着一盏灯，忽然窗外传来一曲缠缠绵绵的古筝，那筝音轻轻漫过阴郁干燥的空间，洒一片温润给我孤寂的心田。神思不由得随着那婉转的曲调，渐渐飘到宁静的春江畔花月夜中去了……

　　一阵若有若无的春风徐来，带出似静实动的江水，这水荡漾着自然的韵致，笼着氤氲的雾气，自远方迤逦而来，层层涟猗泛晕，腾成细浪，细浪渐叠渐高，汇成一股猛浪汹涌，激荡在心头。就在浪巅波峰，忽然浪止弦绝，只有挥之不去的清光映在水面，似是月光也融成水。在静谧的月夜里，春江流成一条仙女的缟袂，萦绕在沙洲之间，岸边流霜轻拂，白沙成烟，静静铺就绵延曲折的清音。浪花又起，涛声里多了幽怨之音，如泣如诉，使月色都染上了相思之意。相思情，一层胜一层，心潮也一浪逐一浪。最后，天地之间只有这哀而不怒、怨而不发的情绪在流淌，久久萦绕不去。终于连这几许伤心都听不到了，只剩下几缕亘古不变的月色映照着。

　　我被这清冷冷的雅奏感动了。现代人努力为自己掌舵扯帆时，似乎早已淡忘了这栉唐风沐宋雨而来的雅奏，淡忘了本该积淀于心中对美的感受力。而古乐将伴我们由浮躁走向冷静，由冷静走向臻熟，走向成功。因为民族传统文化精华是我们生存的根，越是传统的越是经典的。

柔软的坚强

心有欢喜，每天愉悦地生活。而在痛苦的日子里，若能尽力行走，或许抬头看天时，就会发现万里无云，一切都是美好的。

身如流水，昼夜流逝，让人在幻灭中老去。心如流水，一任流淌，使人在散乱中活着。一个人对苦乐的看法，并不是一成不变的。许多当时来看让你凄苦甚或绝望的事，经过磨砺，现在想起或许也会快乐。

心若柔软，情必缠绵。在柔软的时光，岁月静好。微笑的人，心里可能藏着忧郁的伤痛；悲情的人，可能过多忽略了幸福的笑魇，杂糅其间更多的是悲欢纠结在一起。瞬间，一个人可能会强大起来。倏忽，一个人可能会一蹶不振。

说错了，不怕什么，怕的是不敢想更不敢说。

做错了，也不用怕什么，无非重新再来。

阳光如细碎的鱼鳞，热烈而张扬。如果能把人生轰轰烈烈的大事都看透了，当成消遣一样活着，也是很难达到的境界。有段时日，我待在家中，百无聊赖，每天或傻傻地看书，或愣愣地发呆，不知今夕明朝何事所为。只是日复一日地坐着，甚至连门都不想出。愁，怎堪独伤怀；忍，心上一把刀。书案上的花开得那么艳，看着看着，心豁然开朗，顿时觉得雪后的金城也是一片蔚蓝，阳光灿烂。

任何事都有两面性，有成功的希望，就有失败的可能。人在面临重大抉择时，总需要有取舍，即使无所谓，也不会后悔。毕竟，在柔软的心底早已泛起了向上的力量。因为，人生总会有不期而遇的温暖。

世上没有天生的强者，强者是磨炼出来的。一个人若要有所作为，就必须超越对手。与弱者博弈，胜券在握，但很难成为强者。只有跟强者对决，才能成为真正的强者。但凡取得成就的人，成功的因素会不同，但最重要的是都有摧不垮的意志。没有太晚的开始，从此刻做起。总有一天，那遥远的未来，终会在心间融化在脚下行动。生活，从不亏待每个努力向上的人。

如果说，生活一半是回忆，一半是继续。那么，把所有的不快给昨天，把所有的希冀给明天，把所有的努力给今天。最艰难的是等待，最美好的是值得等待。人生，看轻看淡，痛苦就会远离。因为看轻，所以快乐；因为看淡，所以幸福。不要刻意强求得失，顺其自然，终有结果。

心不染尘，尘又奈何。听上去比飘逸、洒脱，其实每个人仍在尘世中纠结，如果像莲那样，心不染尘就足够了，何需再问尘的奈何？人不是向外奔走才是旅行，静静坐着思想也是旅行。凡是探索、追寻、触及那些不可知的情境，不论是风景，还是心灵的，都是一种内心的修炼。做好自己，有时雪会温暖季节，而雨也是一种渗透。所有的美好，都不负归期，选一种姿态让自己活得无可替代；没有所谓的运气，只有绝对的努力。

有时候对这个世界心生的感激，不是因为你得到了什么，而是你不必承受什么，或者是你还没有遭遇上什么，命运不是风，来回吹。命运是大地，走到哪里我们都在其中。最好的人生，就是有能力爱自己，有余力爱别人。有时间做好事情，有空间思想去驰骋。当灵魂起舞，生命才觉鲜活。

有力量，生命的进程既不是偶然，也绝非必然。每一步都会引出下一步，步步相连，步步为营，走到十字路口，总会转向。人的许多境况是能预料到，但也会不可思议。有的人活得精彩，八面玲珑，春风得意；有的人过得痛苦，四面楚歌，满面愁容。再难也得过，痛苦还得熬。其实，最关键的还是心态。让柔软变得坚硬，一个人也过得快活，非常重要的是要有超越的心。不断超越自我，不断努力向前，倘若只是坐在阳光下，怨天尤人，满腹牢骚，喋喋不休，始终迈不出自信的步伐。不管有什么鸿鹄之志，也只能是日落西山，万事皆空，独留断肠人在天涯。

任何时候，都要把小事做好，才能把大事做得更好，才会有展示自己才能的舞台，否则一切都是纸上谈兵，空中楼阁。只要在困境中坚强地活着，坦然地走着，不断地思考，就没有走不通的路。在无比痛苦中，用阳光来疗伤，心灵逐渐才会温暖，思考才会无限。这个世界逃避只是暂时，逃不是解决困局的办法，唯一的路径是面对。一心一境，活在当下。枯就是荣，笑就是哭，每个人都有伤心的地方，但是每个人的伤心各不相同。

人的烦忧，多数源自欲望太多，以及期望过高。因此，时常会感到恐慌、苦恼。一个人在心理上得不到解脱，深陷其间，肯定会感到绝望，间或悲哀。若心底无私，不计较其小，不算计人生，在知味的光阴中，一路会阳光明媚、心情舒畅。

生活，是弹簧，你强它弱，你弱它强。在人生的征途中，会遇到很多意想不到的坎坷，间或来自一些流言蜚语，不必在意，小人有小人的蝇营狗苟，君子有君子的坦坦荡荡。只要做好自己，柔软终会变得坚强！

别问我是谁

一滴水可知江河之浩渺，一片叶能晓森林之茂盛，一个久居闹市或行走江湖的人，难知其欲向何方？

每个人的思想不同，其行进的方向也是不同的。

我是谁？曾经迷茫的时刻，我总是在诘问自己。当自己的心智被遮蔽，辨不清东南西北，脚步不知迈向何处时，像一头困兽样难以安静。心情越紊乱，思绪也就更糟糕。人，一旦恐慌起来便无所适从，不知所措。

如果我们要求不高，如果我们欲壑不深，如果我们叩问心灵……能否让自己凌乱的脚步停歇，可否让灵魂等等自己！其实，每个人只要心有所望，一瓢饮，一箪食，一阵欣喜，一番忧虑，一座山，一条河，甚至一片枯叶，都可以让我们慢下来安妥灵魂，认清自我，重新塑造自我。为何非要头撞南山，不达目的不罢休，到头来万事一场空。

此刻，窗外小雨淅沥，空气湿润。挥别烦躁，静心安享秋日的金黄。时光声音，从久远传来。

人的一生有坦途，有坎坷，跌宕起伏，不尽其意。一切或许都是最好的安排。有些挫折，可能是为了更好地前进。如果一切太顺心了，那他日子过得会极其平庸，甚至乏味。命运多舛，有时可能会哀莫大于心死，其实是在用形式上的勤奋掩盖内心的恐慌，有些改变，有些奢求仍很遥远。

　　任凭世界怎样变化，请保持清净和安静，坚守底线，做自己喜欢的事情，和能够说得来的友人把酒问天，共话桑麻，容得下生命的不完美，也经得起世事颠簸，将一切根植于生活。有人说，我们对自己的宽容，最后都变成了现实的残酷，如想得到生活的厚待，我们为何不做得更好！生活的每个阶段，都有特定的故事。不必着急去找故事中的结局。有时候，你需要耐住性子，等一等！

　　人们以为无常带来了痛苦，其实我们对无常的态度，是我们的希望和恐惧，让人持续处于焦虑中。事实上，对于无常我们别无选择，只能接受，因为无常就是生活。年轻的会衰老，相聚的会离散，拥有的会失去，登高会失重，亲的会疏远，爱会成怨恨……哪怕就是这样，也总有意想不到的人和事。不是只有在经历这一切，你才会坚强，因为所有的人都在面对无常。抗拒或挽留，终归于徒劳。唉声叹气也罢，重蹈覆辙也好，甚或遭人暗算，一切的一切，你必须面对和解决，让自己在经历中重新审视。

　　气傲皆因经历少，心平只为折磨多。曾经，我迷失了自我，不知道自己究竟是谁？一段时间，由于创作成绩斐然，到处领奖参加研讨会，却忽视了招考，茫茫然中报了名，昏昏然中复习，迷迷糊糊，最终戚戚然中如梦方醒。用心者、用功者实现了梦想，而我依然徘徊在体制之外，遭尽了白眼，受尽了非议。患得患失，心有不甘。如今看着进了"体制"内的那些人，身后事有了保障，仿佛一个个进了"保险柜"，混得清闲，溜须拍马，阿谀奉承，不思进取，得过且过。诚然，每月收入不少，还能保其终身受益。飘飘然中，终日或游手好闲，或沉湎网络，或打情骂俏，蹉跎人生，好不悠哉！

一步之遥！围墙外的我，除了哀号不幸，怒己不争。眼看着一群身后不屑者进入墙内，也只能怪自己不努力奋进，到头来任由"折腾"。为了生计，还得忍耐。为了使自己不能混沌于世，破罐子破摔，还得打起精神，扬鞭策马。于是，只能在别人品茗酌酒快意人生之时将自己置身于喧嚣之外，读书习字著文立说，躲进小楼成一统，岂管春夏与秋冬。自己的事还得自己解决，这个世界上只有自己强大才是真正的强大，没有人会随随便便成功！自带光芒，人生芳华。

人生何处无风景？赏景的人不同，眼中的风景当然不尽相同。做人处事也是如此。在奴颜婢膝中做不了虚与委蛇，就得努力使自己强大，真正的强大才不至于招别人白眼。

别问我是谁？其实，我和你一样都是奔波于洪流中一介不知其高低贵贱，行走于江湖上乏味无语的匆匆过客。重塑自己，才能使其内心逆坚，人生丰厚！

别问我是谁？我就是我。要努力使其向上向善，不辱自己，不负他人，不当空遥的悲悯者。脚踏实地，走出自己的路，做好自己的人，勇往直前。一路风景独好，我会独醉心弦！

何必待思量

时光一点点从生命的罅隙里悄悄溜走，无声无息的日子，依旧随风而去，任水一直向东流去。烦恼犹如荒草，日日长，越剪越丰茂。面对诱惑的纷扰世界，都需要保持一份淡定与超然。

千江有水千江月，万里无云万里天。纵然千江纵横密布，唯独明月一轮，江水同为明月心。谁见过温柔的清辉曾对谁有过芥蒂，心有保留呢？共一片天地中，包容、放低、融进，彼此的心怀映照肝胆一颗，有爱同行，这月便如铮铮的明镜台，人月其中。云在天，天聚云。世间万态，奇峰峻秀，深邃幽静，宛如一座古朴苍劲的古庙中轻撞的那口钟，闻者倾听到的世界都是不一样的。同样心境只有一个字：空。

不论身处何境，身居何处，人都应该保持一颗平常心。看万物消长，随日月起伏。冰雪融化了，春意便来了。恰似向阳之花，谁比得过那灿灿的金色光芒。不耀眼，却妥实的内有乾坤。

智慧者用睿明的眼光看待人世间的浑浊事，聪明者用懂得的心顺应着世间的不平事，平常者用庸碌的行动去完成世间的无谓事。智慧用心，聪明从心，平常无心。要做怎样的人呢？每个人都自己的言行，结果大不径同。如何是好？春天百花绽放，美好艳丽；秋天皓月当空，清辉照人；盛夏草木葳蕤，万物竞生；寒冬白雪皑皑，苍茫大地，银装素裹。如果，我们每个人心中都保持着平衡的心态，自然地看待，那么这个世界每天都会是好日子，一定是新的！

烦恼由心生，美好在心底。我们不能放下的就是"自我"，都被自己的心牵引着，谁在诱发而出，谁独领风骚？不一样的境况，决定不一样的心态。如果不理性，多欲望，心有结，解不开，便成死扣，锁住人的本性和真我，生活乱七八糟，日子无比恓惶，工作不见起色，人生因此彷徨。如果心底的美好被循序引导出来，那么，看山是山的雄峻，看水是水的清润。水绕山川，山随水转，不是很好嘛？人，要从内心开始安妥自己。

木食草衣心似明，一生无念复天涯。我们生活在尘世间，繁华烟尘走马飞花，迷离痴醉，谁能静心一隅呢？风景虽然迥异，月光照耀下，为什么又会看到同样的风景，会有不同的感受吗？问题不是风景，而是看景人的心。有些人只是用眼睛看风景，而有些人是用心在看，从自己的心里去看眼前的一切，才能看出大自然的本来面目和人世间的喜怒哀乐。

不知此中事，将何为去津。有些人中日忙忙碌碌，四处奔波，毫无目的地行走在尘世间，不知道在忙些什么，为什么而忙，或者怎么去忙了，意欲何为？要到哪里？没有一个具体的方向或明确的目标，到头来从哪里开始又到那里结束。其实，不论是什么样的人，什么样的境地，什么样的追求，始终饱含着一颗淡然、澄澈的初心，简单、朴素，但很少有人真正用心去做事，精心做好每件事。

竹密岂妨流水过，山高怎阻野云飞。人，不管处在怎样的环境，要有恒心、决心、平常心，坚守自己，在坚忍和坚韧中没有做不成的事情。用心去体会，用心去融入，你在天地万物之间，天地万物也会在你心中。对着镜子，你笑镜子里的人也在笑着。对着镜子，你静，那么世界上的一切也会静怡。

在同样的天空下，一样击缶，一样唱和，一样引吭……

蓦然回首，一切都在阑珊处。何必待思量，人生在于稳步开拓，思想的闪烁指引着前进的方向。

第五辑　光阴丰盈喜相逢

时光巷陌

梦想，是让人前进的方向。生活，是柴米油盐日常的更迭。

日子，像胡子一样疯长。疲惫的身心，在一次调整中暂时得以休息，以文字疗心伤，每日里煮文焚字，告慰自己。人生总有低谷，或许是走向高峰的开端。做好自己，写好作品，不是生活所迫，谁愿才华横溢。不管别人怎么说，也休管冷嘲热讽，蜕变才能重生。幸福，是一种人生的感悟，一种个人的体验。只要心中藏着善良，眼里带着光芒，总会活成自己努力的模样。

半年的光景，日子流水般虚逝，流走了岁月，流不走的是心痛。或许在这个举目无亲的城市，只能把一切烦忧倾吐在奔腾向东的黄河。看河边的野鸭野鸟自由嬉戏，岸边的石头被水冲刷显出斑驳的履痕。清凌凌的黄河水，真难得，照彻心。心境也有所好转，何必为难自己。放下难以愉悦的心情，抬头看看正在吐出绿芽的枝条。春来了，在悄无声息中，万物竞长。褪去灰头土脸，迎来绿意融融。

城市的人们，东奔西跑，所有的人都是为了生计匆匆忙忙，我其实真的不愿生活在拥挤的城市。喧嚣、快节奏，甚至让我有点窒息。这个城市不适宜像我这没有根的人生活。幸好只是为未来打开一扇窗，否则有什么理由让我独在异乡为异客？感受春风沐面的欣喜。

每个人总会有不顺心的事儿，关键是如何梳理情绪，让自己慢下来，静下来。聚餐时，很多人聊起了抑郁症，并讲了身边很多人患了这种病。有人问我是否抑郁过，我勉强地笑了笑，都是因为想多了。如果我们在生活或工作中少想，少琢磨，多出去走走，哪怕爬爬山，看看水或者对正在发芽的草木发发呆也好。否则，像困兽一样，能不抑郁？

毕竟，能静下心来的人不多。为了生计，人们一个比一个忙，一个比一个累。殚精竭虑，不遗余力地换取灿烂的明天，总想着一天能干完三天的活，尽力过好日子。想多了，当然抑郁了。满腹心事说与谁听？这个忙碌的世界，谁愿意倾听你的诉说？每个人都有自己的生活，每个人都经营着自己的日子。纾解心事，等等灵魂，可是有些人"钻"牛角尖，一"钻"就抑郁了。

闲暇时侍弄侍弄花草，养养鱼……让心宽泛起来。读读书，观观景。哦！对了，春天来了，正好去踏青，可能所有的心事像云一样被风一吹，也可能像阵雨，一切顿时消散。不能封闭自己，让孤独的心灵呢喃，固步宅家，甚至挂上心锁。生活，是一部无字的书，每个人有每个人的读法；生活，是一道多解的题，每个人有每个人的答案；生活，是一首隽永的诗，每个人有每个人的情怀；生活，是一杯浓淡的茶，每个人有每个人的品味。

一不小心丢了手机，片刻安静许多。微信、抖音、网游……瞬间荡然无存。躺在床上，仰望着天花板，什么都不去想，顿觉原来的日子也可以这个样子，甚好。静下来，一切都是最好的安排，吃自己爱吃的，喝自己想喝的，或邀三五挚友，品茶聊天，小聚小酌。愉悦的心情，顿时像灿烂的花儿绽放。

朋友来电，急死我了，事情办得怎么样了？怎没音讯，家里的电话号码是向别人要的。忙碌的人们，总是会忘了电话号码，一部手机走天下，手机没了呢？日子会黯然失色。朋友的关心让我既喜又忧，喜的是交心朋友总会惦记着你，忧的是这样轻松的日子瞬间融入了遐思中。任何时候真心友情都会让我们泪流满面。总是在斑驳迷离的心绪中，让我们聊以慰籍。暖心的朋友，会让你不再悲叹世态炎凉，有趣的灵魂终会相遇，好友是一生最大的幸福。人与人之间，让人信服的一定是你的人品。做人，就要做一个让人放心的人。无论认识时间长短，或是从未见面！都能由衷地说一句，认识你真好。人与人之间，最大的吸引力，不是你的容颜，不是你的财富，也不是你的才华；而是你传递给对方的信赖和踏实、真诚和善良。人生，并不全是竞争和利益，更多的是相互信任，彼此温暖！

病是心头的痛。有两个朋友因病而忙：一个是生病，去外地医院复查，一大早不能吃早点，迎着朝阳去面对各种机器的直视和一连串数据的分析；另一个朋友的父亲做了各种检查，化验单上的字叩击心灵，总觉得对不起老人。幸好！两人的检查都是正常的。窗台上的花开得正艳，火红的花昭示着热烈。是的，三月春正好，阳光明媚，祈愿每个人都安康如意。

人生总有起伏。对生活要有热情，才有能力扛住苦难，也才有能力安顿好自己。水因柔软而有力量，无坚不摧；土地因柔软而展现生命活力；人心因柔软才能在痛苦逆境或艰辛中宽容而平和，谦卑而无畏。每一寸阳光中都有欢喜，每一段岁月中都会蕴有美好，怀一颗从容之心，度四时柔软时光。不管生活中如何惊涛骇浪，流言蜚语甚至沟壑纵横，记住要保持平常的心态，努力让自己忘却不快。犹如喝咖啡，加不加糖？是心情说了算。

行走在这个煦暖的春天，一切都是最美的遇见。无论何时何地何人，一切都是最好的安排，打开心灵，让自己慢慢飞。时光巷陌，像一条会飞的鱼；时光深处，让自己安妥灵魂。花开花落，年复一年。人总是在思忖中变老，光阴叙述着故事。流年似水，静水深流。人生大抵不过如此。时光巷陌，有我们晃过的影子！

且向时光敬杯酒

挥手，总要告别吧——尽管舍不得！

干杯，岁月！且向时光敬杯酒！

明月照自身，光阴照夜白。

这一年，有书香、墨香、茶香、酒香。

这一年，有收获、悲戚、欢喜、思考。

时光，无比柔软，见证着我们经历的过往；岁月，沧桑依旧，沉淀着生命中的那些悲欢离合。掬一捧光阴，握一份懂得，走过红尘喧嚣，时光深处是岁月的静美。并非离奇古怪的行程，并非空穴来风的书写，其实生命体验与人生阅历总跳跃在文字中。不必计较，日升月落中时光悄然而逝。倏忽，一年就这样悄悄告别。静享阅读的欣喜，闲步游览高山长水。生活很简单，只不过是人生旅途中的休止符，不必去刻意追求！邀三五好友，举杯好酒，醉意中挥毫，或许更是一种极致生活。

生活总是那么平淡，淡的有些无味，我在平淡得生活中体味岁月的清欢。喜欢在恬适的午后，安静地读书，安静地书写文字，安静地听着音乐，享受属于一段自己静谧的时光，有些文字总是能轻易扣动人的心弦，有些故事总是那么委婉缠绵，有些旋律总是能触动内心深处的柔软。时光，因爱而温润；岁月，因情而丰盈。付出总有收获，今年我主编了几本书，创作的散文集《空山寂语》已出版，《三生石上》《向暖绽放》《苍茫河西》《我的兰州》等也将出版，给央视撰写的纪录片也即将开拍，微电影《迷情花谷》也已上映，并受到了各界好评。同时，我还登上了金城讲堂、百姓讲堂以及一些高校的讲堂，与大家分享文学，共读好书。文学评论、随笔散文不时跃然报刊杂志，转发于网络，获奖的消息总是惊喜不断。文字的喜悦，加速了前进的脚步。同样，书法也小有成就。

只向美好的事物低头。和上中学的女儿去了贵州、广西等地，浏览风景，谈笑风生，也许这是最美好的时光。一路上留下了很多的记忆，毕竟女儿渐渐长大，这一年也留下了她了最美的笑容和奋进的脚印。回来后，女儿写的作文还获了中学生作文大赛一等奖。

人生大抵如此，且行且珍惜！一日之计在于晨，每天，最爱人车寂寥、晨曦微露之时，有种美的享受，仿佛整个世界只属于我一个人。虽然，这世上没有一样东西我想要占有。

远处的山，丹青水墨，很美；天边的云，溢彩流光，很美；翩跹的鸟，轻盈自在，很美。然而，我不羡幕它们，因为作为一名安静的看客，虔诚欣赏的样子，也很美。

寂寞流年，唯有一个人的时候，才能感觉身心合一。人生太匆忙，许多时候，容不得思考，容不得彷徨，甚至容不得叹息，蓦然回首，一切都变得面目全非。

风情揣在怀里，精神继续远行。也曾追风逐月，因为多想振飞梦想的翅膀；也曾看山不识山看水不识水，因为年少的轻狂蒙蔽了双眼；也曾天真烂漫不识愁滋味，因为不谙世事不知世故。年轮递增，时光叠加，才懂得生命原本就是一部悲喜剧，忧患中更能淬炼出生活的智慧。

人在旅途，风尘起落，到了一定年龄，该明白的突然间就明白了，该来的猝不及防地来了，该去的也悄无声息地去了。人生这趟旅程，你猜得到开头，猜得到结局，却猜不到过程。

我想，人最大的悲哀，就是迷茫地走在路上，看不到任何的希望，没有了期盼与信念。父母给了我们探视黑夜的眼睛，纵算眼前见不到光明，但内心一定要有光亮与能量。

纵然生活不易，也要拒绝退场；纵然生命短暂，也要问心无愧地活着。庆幸自己，一直是个追着光明奔跑的人，一直是个表面淡漠内心澎湃的人，因为我知道，不一定还有下辈子，所以今生甘愿干干净净，激情满满的活一回。

始终要知道，迎风奔跑的样子最是美丽，拾阶而上的身影格外夺目，低眉认真的时候尤其耀眼。这个世界原本不会厚此薄彼，亮起生命之光，就不怕长夜漫漫。

时光，流逝着；岁月，沉淀着，一转身便是一个光阴的故事。一直想做个生活简约内心丰富的人，对这个世界没有过多要求，只想简简单单地处世，安安静静地做人。喜欢云淡风轻的相交，喜欢雁过无痕的飘然，喜欢努力认真地活着。

生活总是那么平淡，淡得有些无味，我在平淡的生活中体味岁月的清欢。

世界上有人为了生而活，有人为了活而生。为了生而活的人，把生活过成了生存；为了活而生的人，却把日子过得真正鲜活。努力走向新生的朝阳，是一场苦旅，但并不胜于言说，而在于鄙弃浮华和喧嚣。行走在路上，一门心思，砥砺前行。读一部好书，更多的是一种与自然亲近，与亲情并行，与真情相伴，与心灵呢喃，静归于字纸。扎根泥土，才能枝繁叶茂，硕果累累。透过文字，会看到作者是行进的，近似朝圣者虔诚地钟情于大地，怒放的生命开出了一树繁花，溢于心间。

时光如同来自四面的、节奏均匀的微波，将生活恒定不变地托升起来。除了其中所含的细节外，一切总是同样的千篇一律。在深度的阅读之后，我的写作往往是不由自主的。书写的每个字每句话每个段落及每篇文章，都是倾吐的一种心痕。这种痕迹不是焦灼的，而是炽烈的，因为对生活的故土和远行的热土更多的是一种眷恋顿悟甚至思忖，不让带着针脚的时光逝去。行走在文字的两旁，对我来说唯有披荆斩棘，才能向着阳光前行。只有温情地写作，温心地生活，才能写出有温度的文字。

人活一世，一半迷离，一半清醒；一半烟火，一半诗意；半生春暖，半生秋凉；半生花开，半生花落。每个人都在人生的丛林奔跑，只是被荆棘刺伤得程度不尽相同而已。

风比远方更远。众生万物，纵然改变不了过客的宿命，却也应该感谢时光的馈赠，感谢它让我们在岁月的长河乘风破浪，于波峰波谷中辗转历练，变得越来越强大，越来越风雨不惧。

踯躅于岁月的渡口，愿我们每个人都能忠于内心，忠于自己。且借文字的杯盏，敬自己一杯酒，敬时光一杯酒，感谢自己不曾消减对生命的热忱，感谢命运赐予我诗情画意，更感谢生命里的每一个人……

有趣的灵魂终相逢

　　万籁飘零，时日萧瑟。这般光景，最适合在山间向南一隅的禅房煮茶品茗。或是阅读静默时光。读书累了，抬眼望荒凉风物，心中默然期许一个白雪覆盖苍茫的冬季蹒跚走来，蕴生机而春发。

　　一个人，一本书，一杯茶，一段温暖的阳光，就这样任由时光流淌。

　　生命，说到底，其实就是一场找寻；人生，就是一个找寻己的过程。真正供养生命的东西，是思想，是精神，是灵魂，是内心的繁华似锦。

　　时间，就像一本书，那被虫子无意啃噬过的"爱"字寸草不生，甚至充满凄凉。垂下眼睑的人，心中的隐秘难以言表。河水东流，不舍昼夜；旭日东升，无论秋冬。大自然的轮回，持久且丰富，正是这日复一日，年复一年，星辰交替，谁曾见河水瞬时入海，日月同辉。从来没有一蹴而就的事。人生不是如此吗？奋斗路上，跳跃不过是一时取胜之技巧，偷机钻营终究坠入深渊。累积，才是王者规则。

　　无论是痛苦，还是快乐，怀着感恩的心，努力过好今天，憧憬美好的明天，脚踏实地，只要活着就有光亮。轻不轻，水深则流缓；昧不昧，无愧心得安，浅墨入画，岁月入禅。

每个人来到世上，都渴望荣华富贵，安逸享受，随心如愿。可在纷扰的世间，没有谁的一生是平坦的。一个不被欣赏的人，多数得不到另一些人的爱。人生苦果，多数自己酿下。要么忍苦吃下，隐忍着难以下咽的涩楚；要么奋力抗争，从苦海中挣脱出来。除此之外，别无他法。人生就是一场经历，走了春夏秋冬，才知四季味道。自己选择的路，眼光要放得长远，一时之利不贪也罢。身体是灵魂的装饰品，身体唯有灵魂的自由度，才能拓宽人生的道路。因此，你不必过于疲于奔命，需要灵魂上路，认真思考。至于得失，随缘就是最好的结果。有些人生就披着一副皮囊，灵魂走失，漫无目标，整天抱头空想或者做着无边无际的梦，从不走出坚实的一步，这样的人如同行尸走肉。

红尘若梦，岁风婉转，静静地守候着流年，让温润的年华在纸上晕开一抹淡淡的墨香。得失和拥有不过一念之间，前程和过往也不必细细去追究。一朝一夕，尘缘已定，物是人非；一嗔一念，戏已落幕，曲终人散。当我们不再诗意，无论来多少场说走就走的旅行，都不过是场景切换，而不是见识与成长，更不是不可名状的收获。有人认为，诗意并不重要，人最终要面对的是现实。可是，这些人不会明白没有诗意，也就永远没有创意，更不会创造出事业上的非凡成就。在这个讲究创意的时代，诗意远比现实更具社会能力。所以，不要怀疑你自己的能力，没有谁比你更懂自己！

当你孤独地行走在人生的路上，不要因为寂寥而左顾右盼，或是止步向前。纵然踽踽独行，也会看到别人看不到风景。人生没有绝对的成功，不过是别人评价你的一种方式。然而，往往我们不要太在乎别人的评价，我们需要的是自己对自己的肯定。这世上，有人看重过程，有人看重结果，我们所做的不过都是将不服输的那颗头颅高扬，走过山重水复，笑看花落人问。

水的清澈，并非因为它不含杂质，而是在于懂得沉淀；心的通透，不是因为没有杂念，而是在于明白取舍。不要在一件别扭的事上纠缠太久，因为纠缠久了，会痛、会累、会心碎。实际上到最后，不是跟事过不去，而是跟自己过不去。

若有诗书藏于心，岁月何曾败于人？人生若梦，人生如戏，每个人能做的不过是在戏中尽情地演绎自己。有时哀怨，有时欢喜；有时主角，有时配角，为别人做了嫁衣。不过更多时候，却是一个人的独角戏。与其华丽撞墙，不如优雅转身。很多时候，给自己一个迂回的空间，学会思索，学会等待，学会调整。人生，有时候需要的不仅仅是执著，偶而回眸一笑也会洒脱。

人生无时无刻不在做选择，但不管如何选择，我们最终只能走一条路。"你的昨天已死"，这是一个人人皆知的道理，也是人人都不明晓的道理。对于一个明白时间每天都在死去的人来说，他的每一天都会变得弥足珍贵，每一分每一秒都渴望更有意义。思而不做，做而不思都是不可取的，唯有知行合一人生路才会走得宽远。一个人无论经历怎样的风雨挫折，别人终究安慰不了你，一切还要靠自己从泥淖中走出来，无论做什么事，或想追逐美好的生活，都离不开坚持，离不开枯燥的生活，要找到它美在哪，它的况味在何处，并且努力地去奋争，直至实现。

阳光轻洒，岁月流水。淡淡地来，又淡淡地去了，你若不惊，岁月亦无悲无喜。淡然于行，平淡而不平庸，智慧的是不挣不抢，是大道的宠辱不惊。人生如溪流，张弛应有度。坚韧不拔，人随其变。春华之后，瓜熟蒂落；顺势而为，水到渠成，得失之间，有其代序，纵然失之，何愧之有。人生渡口，往来不绝之行人，有些来得早，有些来得晚，无论早晚，皆是不停息地朝着彼岸缓缓而去。人生，不过是从一个点又到另一个点。

萧瑟冬日，静观飞云过天；绿水泛波，淡然走过春夏秋冬。

"荷尽已无擎雨盖，菊残犹有傲霜枝。一年好景君须记，最是橙黄橘绿时"。吟诵着这首诗，暮秋已去，冬将来临。时光微凉，一场远去的往事将被黄叶覆盖。

转身你还在，真好！原来生活还可以这样。

或许你会掰着指头数日子太过无聊，但只有闲散的人才会数日子，忙碌的人只会感叹日子太短时间太快。无聊，是一个寻找理想的法门，当你觉得无聊时，便知道该寻找下一个目标了。

你的注意力在哪，人生就在哪。莫让虚度毁终生，也莫让终生一场空。得意时，光阴倏然而过；失意时，则虚度如年。人活着，应该在快乐中体会生命的美好，最终找到自己努力的方向。

好的皮囊总是千篇一律，有趣的灵魂终会相遇。珍惜了，活过了，也就够了，毕竟，我们每个人也都在遗忘着。

最美时刻遇见最好

　　遇见无需要理由，无需要刻意的追求，无意中的遇见是常有的，而最美的遇见也许是寒冷中的一股暖流，也许是风雨后的一抹彩虹，其实遇见本身就没有值得与不值得……

　　时光就这样流开在眼底，让我们遇见了。遇见，是缘分的开始。可是很多时候，我们无法选择这样的开始，也无法预料结局，只守着最后一个句点，让无奈游离。生命的路上，总是有赏不完的风景。喜欢看的花，不一定永远喜欢。曾经迷恋的故事，或许有一天也会忘记。这世上在不经意中演绎着错过的，除了风景，还有缘分。

　　岁月有时就像一本深刻的回忆录，偶然间将其拾起，掸去陨落的埃尘，铺平泛黄的褶皱，心怀素念，一字一句地念完，感动之余，便会觉得即使在那些最不起眼的日子，也能把寻常的风景看到泪流满襟，叫人不禁慨叹光阴的消逝，欢愉的短促。

　　回眸驻足间，沿着来路留下的深浅印记，一路寻去，有花开鸟语，也会有雨雪风霜。冷暖如流，多少往昔掺杂着琐碎的点滴，悄悄的浸润在这无声无息的岁月里。纵然时光不语，而你依然会在某个不经意的时刻让人想起，无需刻意的起承转合，也无需担心能否运筹帷幄，当你蓦然落笔的瞬间，岁月便帮你填满了最美的期许。

不知道远方是什么？向左走，向右走。唯愿在最美的时刻遇见最好的。我们会在某个时刻相逢，相逢四季，相逢阴晴，相逢花开花落。然后感动与忧伤过后各行其道，相忘于江湖。逝去的河水似乎习惯的像从未知晓。

阅读启智，书香浸泽。

莎士比亚说过"书籍是全世界的营养品。生活里没有书籍，就好像没有阳光；智慧里没有书籍，就好像鸟儿没有翅膀"。学会阅读首先要养成阅读习惯，这种习惯不需要别人强制，也不需要自己警觉就能自然而然地就会去进行阅读。然而，在现实生活中，我们却往往忽视了阅读习惯的培养。大家在阅读实践中由于没有及时得到指正和指导，造成阅读跟不上，想像力也就越来越差，由于现在网络的便利，许多人阅读时间空间相对越来越少，丰富的想像力也会随之消磨掉。阅读的重要性是不言而喻的，但对于大家来说，如何才能安静地坐下来专心阅读呢？首先应放下手机，可真正有几个人能放下阅读呢？有人说，在手机上也可以阅读。不可否认，但是不时地刷屏会让心静不下来！

其实越感到困难，就越需要阅读。对大家而言，不仅仅是学习、学习、再学习，而是阅读、阅读、再阅读！应该相信书籍的力量，你可以什么都没有，但不能缺乏阅读。每天读些什么，读懂什么，悉听尊便。但是读些什么，读懂什么，自己要求自己。同时，最好是每天都要写点东西，写什么不重要，关键是写的过程。喜欢什么就写什么，天上飞的、地下跑的、虫草花鱼、刮风下雨……

很小的时候，姑娘就爱问各种问题，有时候我答不上来，就告诉她："等我回去查查书。""书上什么都有吗？"她问。"什么都有。""连笑都有吗？"她咯咯地笑，狡黠地刁难我。"是的，人为什么要笑，马也要笑，牛也要笑，还要打嗝，这些都是有科学道理的，书上都有解释。你想想，世上有那么多人，今天的人，古代的人，中国人，外国人，有多少个脑袋想过多少问题啊！书就是记录他们思考的结果的。可以说，凡是你想到的问题，都是人家想过的，书上都会有答案！"我之所以这么说，就是为了让她对书产生敬意，虽然那时她还识不了几个字，很多书也不能读。不同阶段做不同的事，孩子的成长也是水到渠成的。

我经常带她去图书馆和书店，就像逛商店、公园一样。逛图书馆、书店并不一定有很强的目的性，哪怕随便翻翻，都可以培养对书的敏感，就像逛商店可以感受时尚一样。逛图书馆，每次她都会有所收获，譬如一些儿童期刊合订本，一些卡通书，一些童话绘本，一些科普读物等。借回去有些是她自己看，有些是我给她读。我给她读的书很多，也会经常去书店购书。

一个人阅读的层次是和他本人的心智水平相吻合的。当他还比较幼稚时，只能读简单的书；等心智发展到一定程度，简单的满足不了了，自然会选择更复杂的。

培养阅读兴趣，就是要在平时的一点一滴中体现阅读的重要性，从内心喜欢阅读，有阅读的欲望，从而主动去读。

有人说，一个人的成功，得益于三方面因素：个人奋斗、高人指点、贵人相助。在生活中，我也遇到一位贵人，帮助我从农村走向城市，完成了从一个小记者到知名作家的华丽嬗变，让我生活精彩，精神丰富。这个贵人的名字就是书。

北宋诗人黄庭坚曾对苏轼说过一句话："一日不读书，尘生其中。两日不读书，言语乏味。三日不读书，便觉面目可憎。"苏轼和他的弟子们，阅读量和知识的积累几乎无人能及。因为读书，使他们从乡间孩童成长为巨鸿大儒。朝为田舍郎，暮登天子堂。对众多出身贫寒的读书人来说，读书是他们展露自身才华，践行人生抱负的最好机会。

生活不止眼前的苟且，还有诗和远方的田野。苍茫田野是我们对无味生活的寄托和梦想。谁愿意在日复一日的劳作中淹没青春和激情呢？在繁忙的工作之余，我爱上了写作，梦想能成为一个作家，让文字花开似锦。我年复一年地练习写作，从 1996 年发表第一篇小说，一坚持就是二十多年。从网络到纸媒，从普通写手到小有名气的作家，我的文章在全国的报纸杂志全面开花。写作越深入，越感觉到读书的必要。读书就是我的源头活水，为我提供了丰富的知识营养。

我的读书方式灵活多变，街边小摊、书店、图书馆、网络电子版，或者网购新书，随时随地都能保证有书读。我从《论语》中学到智慧的思考，从《史记》中学习严肃的历史精神，从《正气歌》学到人格的刚烈，从《马克思》学到入世的激情和人生的哲理。我喜欢陈忠实的《白鹿原》，刘亮程的《一个人的村庄》，汪曾祺的《慢煮生活》，余华的《活着》，迟子建的《群山之巅》，阿来的《尘埃落定》……感悟文字之美，是一种无言的幸福。书是我的好老师，教会我书写哲理、灵动、智慧的文字，能予人启迪，引人沉思，教人顿悟，照彻心扉。

徜徉在书山书海中，时时能嗅到文字的馨香，看到美丽的风景，于山重水复之处，柳暗花明之中品尝到无穷的乐趣。更让人窃喜的是，读书还能改变人的气质。读书的人自有一种动人的地方，不是眉眼怎么生动，皮肤如何白皙，而是从内到外洋溢的一种静气和从容。杨绛先生在一百岁时写下感言：我曾如此渴望命运的波澜，到最后才发现，人生最曼妙的风景，竟是内心的淡定和从容。要想追崇先生的境界，唯一的方法就是读书。本本书即朵朵花，读的书多了，自然浸透灵魂，形成无边静气，自成境界。

读书，最欣喜的就是遇到一段知己的文字，那份慰藉是前所未有的。读书能拥有淡泊心境，提高幸福指数。现代社会诱惑很多，节奏很快，复杂的人际关系，追逐不完的名与利，纠缠不清的琐事，让人心烦气躁。只有读书，才能让人拥有像一池净水般的心境。读苏轼，你学会豁达；读李白，你学会潇洒；读王维，你学会隐逸；读老子，你学会不争。拥有人生智慧，什么都不必斤斤计较。当你明白这一切，你就会变得云淡风轻。与人交谈，温婉知性；与人相处，大方得体；通过阅读，能进入不同时空诸多人的世界，无形间获得了超越悠闲生命的无限可能性。

透过红尘里一扇静静的窗，让境界更生动，让目光和心情更明媚。在月光下读诗词，平平仄仄，会生出无情无尽的想象。在阳光下读书，光影荡漾，书上的每一个字都跳入眼睛，落入心底。当巨大的冬天淹没了人间的村落，炉畔读书焐热生命中太多的苍凉。春日芬芳，落红如雨，书香花香充满了长长的情谊。

读书人是世间幸福人，除了拥有现实的世界外，还拥有另一个更为浩瀚丰富的世界。高速发展的社会，放眼看去，周围几乎全是手捧手机、平板电脑的低头一族。其实，手捧一本书，在明媚的阳光里，让书香芬芳你我，也不失乐事悠悠。

左岸右岸

所有走在理想道路上的人都是孤单的，却从来不形单影只，更非茕茕孑立。那种孤单只不过是一种高贵的自律，犹如捧读一本走心的书。

阳光暖暖的，品茗看书很惬意。一篇美文，一本好书，让人沉浸其间，物我两忘，内心获得幸福和安宁。好的文字，直抵心灵深处的那隅秘谧，如一颗石子落入平静的湖面，看似微澜，其实湖心已泛起了涟漪。好书恰如一面镜子，文字与读者相互照见，产生共鸣，内在的升华和精神的满足，令人神清气爽，心生对美好的向往，给人以向上的力量。好书因遇着知音而弥珍，读者因好书而欣喜。

读一本好书，心会随着作者的笔触，在天地江河神游，与尘世人情交错，朝着文字与思想的光芒行进和善悟。一篇篇美文，是一颗颗文字缀成的织锦，一个个词汇折射的田野、远山、江河如此明艳。鲜花绽放的峭壁，人们因欣赏峻美而享受喜悦。在这个喧嚣的世界，需要这样的文字安馈我们浮躁的灵魂。岁月静好，洗涤心灵。在流逝日子的另一端才会发现，原来暗淡下来的是生命，鲜艳着的是那些远去并寂寞着的事物。

浓淡相宜间，是灵魂默契；远近相安间，是自由呼吸，是距离美丽。楼顶风景与楼底风景，永远不会一样，谁也别羡慕谁。流年里等待花开，处繁华中守住真淳，于纷芜中静养心性。

人生其实就是一部大戏，戏中我们爱犯一个错误，就是总把希望寄予明天，却常常错过了今天。很多时候，走得越久，我们离自己越远。我们身负重壳努力向前爬行，殊不知只是为了取悦别人，我们自认为在努力奋斗，殊不知只是在满足无限的欲望；我们总认为自己可以寻找到一把可以安放灵魂的躺椅，殊不知是踏入了另一个浮躁的世界结果，只换来一副充满了浮躁与不安的皮囊。其实单纯，才是复杂世界的护身符，才是努力的意义。以后的日子里，放眼望去，全部都是自己喜欢的东西！

从一些作品中，我们可以看到岁月之前，先看到了岁月的轮子，无论是儿时的记忆，还是路上的奔波，甚或旅途的景与人，间或感怀伤情之所念……在富有活力的文字中，总是闪现追逐灵魂在前的顿悟。不管在岁月中走多远，好的文字总是在不声不响中，呈现给令人激动抑或惊喜的记忆。文学的力量，不再是一种信仰，完美主义也不再是一种憧憬，而是一种流泪的基因。向上，自然不是唯一的路径。

是的，阅读舒心的文字，总会浮现岁月深处的风景，仿佛会看到岁月涂抹的那种质朴平淡的颜色，那凝重的色调和长满庄稼野风横渡的土地上，写满了无限的怅望和对人生的冥思遐想。用心生活，随心写作。诗人米兰·昆德拉说："生活没有幸福。生活就是扛着痛苦的'我'穿行世间。而存在就是幸福。存在就是变成一口井，一个石槽，宇宙万物像温暖的雨水，倾落其中。"甚嚣尘上，生命的声音已被遮蔽，需要呼唤人类生命中神性的苏醒。

一本书，恰恰怀着一种人世的悲悯和出世的超脱，在生活的苦痛里提炼精神之蜜，为我们留下了一块洁净的精神栖所，使我们的精神升华至如水般的境地。作者把自我融入自然，将所见、所闻、所思、所历通过文字的渗透来展现，每一步都在丈量着大地。一边走，一边写，用细腻的手笔，平实从容、极富弹性和张力的语言，情景融合、虚实相间的结构，以一颗真诚和善良之心，感悟生活，探究人性的美，洗净了物象表面的尘垢、没落与颓废，去伪存真，还原给人们真善美的清新美好，使人的心灵得以滋养。

文学创作是醍醐灌顶的精神意象，其主要包括体验、思考、创造。所以文学创作区别于一般意义上的创作，它不是凭空想象，更非随意复制和粘贴。迦达默尔说，科学研究既不能取代艺术经验，也不能超越艺术经验。通过一部艺术作品所体验到的是用其他任何方式所不能达到的。文学创作是自由的思考，对于写作，仅仅需要的是状态，其所有的意义就在于对人心的提醒，把我们蒙尘的心灵拂拭干净，给我们麻痹的心灵打一针强心剂。柔性的文字提醒我们，身上和周边的很多东西在消失，珍惜岁月赋予我们天籁般的回响。

于平淡中见精深，凉风有信月无边。打开一本书，总会有一种眼前一亮、豁然开朗的感觉，恰如在春花烂漫的山野小径上寻幽探胜，一路走来，山一程，水一方，树一片，花一簇，阅不尽的妙景奇观，美不胜收，一再阅读，便会心生颇多感慨。朴实的文字会带你去寻找消逝的生活。跳跃的文字也会描绘我们经常忽视的角落，那是在生活中一点点积累，一次次感悟而成的，有泥土的芳香，也有霓虹闪烁的斑斓。

文学创作最大的特色，是其超凡脱俗的审美意境和心灵感悟。审美意境，是散文最出彩的要素。一篇好的文章有了意境和意象，就有了灵性和魂魄，更主要的是不仅能让人领略到看得见的风景，还能让人感悟到隐含的偈语，甚至让人穿越时空，弥漫在人生的旅途中，闪烁着一种智慧之光，在习见的事物中看到不常见的内容，在平常的生活找到不平常的轨迹。纵横思接千古，方圆洞察万象。

恬淡自适，格勤心志，诚笃坚韧，唯有自娱遣兴。大千世界，人生百态和事物万象在每个人的眼里，光景映像大抵是相同的，然而衍生出一种思想，凝炼出一种感悟，描绘出一种意境，则需要用心和用不同寻常的眼光去寻觅。事实上，任何一种文字创作，最忌讳的就是"公共想象"的大众心态和常态思维，倘若游离不出这种心态和思维，纵使语言再优美，辞藻再华丽，也难以逃悦"俗不可耐"的氛围。不同寻常的视角，是文学创作的亮点，是文字蕴含的魂魄，也是写作个性的审美追求，更是文字的生命力所在。

尼采有言，最高贵的美是这样一种美：它并非一下子把人吸引住，它不作暴烈的醉人进攻，而是那种渐渐渗透的美，人几乎不知不觉把它带走，它完全占有了我们，使我们的眼睛饱含泪水，使我们的心灵充满憧憬。优美的文字，随处可见不肆声张的柔美曼妙的诗意，这款款的、暖暖的、浪漫的、温馨的诗意，对于读者来说则是一种纯美的享受和温暖的慰藉。朱光潜说："我相信文学到了最高境界都必定是诗。"好的文字会写出灵动，把人写活了，把物写活了，把情也就写活了。豪放壮美与婉约低徊交错有致，宁静淡泊与动感跳跃和谐并存，这样就会形成独特、卓而不群的洞识。

微笑着，面对阳光，折断思想的翅膀，在手指的游离中，滑落坚持的方向。在繁华中坚守一份冷静。用心的作者会用坚韧和坚忍的思想，让意象在时空中飞驰。没有时间的延续性，就无所谓生命力。其笔下的人和事，大多就在身边。情真意切，让人读后难以掩卷。用功的写作，毫不掩饰心灵的苍凉和思想的紊乱，写出自己纯洁的灵性和率真的秉性。

文学创作是一种自我意识和精神高度的追求，更是一种自由的表达。允许每一个人发挥自己创作的天性，允许一切自由的想象。好的语言有浑然天成的柔美和直抵心灵的纯真，不妖冶，不粉饰，不故作姿态，就像旷野里的一棵树，静寂生存，兀自挺立，把根扎向思想的深处，用杆撑起四季的风景。写作，也是一切美丽的际遇，它也许会在匆忙生活里的某个瞬间，挤入心脏，开一扇小窗，看到一束阳光，半寸明媚，让你驻足，让你再也不会步履匆匆，让你邂逅喜悦、悲情、时间、记忆……

"我常或凝望景，仰望苍穹白云；又常或坐或倚，不做一事。想象之流无拘无束，在其中的沉思冥想十分宁静，只有在这种宁静中，才容许那些宁静产生的作用。"雅斯贝斯这样说。有些文字是宁静的，却在心里流淌着一种感情，那么炽烈，那么张扬。有谁比我更懂得天穹的琐事？时间坚硬流逝，把心灵深处最柔软的文字呈现给了大家，这不就是人们一直追崇的心灵的自由吗？

一本书的精彩，不在于它的厚度，而在于其感人的程度；一个人的伟岸不在于他的高度，而在于他生命的宽度。改变不了生活，只能目睹生活磨去棱角；时间冲不散往事，只能让往事稀释快乐；无法左右他人的选择，只能让灵魂在对错中迷失……在一切似乎无法驾驭的时候，只能把自己变成一个水做的人，扭曲着在夹缝中穿行……等待只是一种生活态度，内容往往深藏其间，或者根本就没有内容。

行走在心灵的两旁。一旁是作者，一旁是读者。作者之于读者，好似医生之于患者。这个医生如何来做？最好的答案是："其实对自己负责，也就意味着对自己的父母负责，对自己的妻子或丈夫、对孩子负责，对自己的师长和朋友负责，对自己的生活负责。只有勇于对自己负责的人，才能勇敢地面对生活，才会保持终生学习的态度，才能永不松懈地追求积极上进，才能持续不断地努力完善自己。所以，要让一本书对你有帮助，首先你得成为一个对自己负责任的人。

这个世界上没有天上掉馅饼的好事，即使有天上掉馅饼的好事，也不一定就落在你头上，在一大堆人中比你高的就有优势，你只有跳一跳，才可能抢到这个馅饼。所以积极主动，永远是成功者不变的法则。读书读门道，要读出茅塞顿开的"点睛"之说。这样你才能真正读懂作品，汲取养料。否则，就是乱翻书，耗费了时间，只是伪装成了文化人！

读本好书，就像和好友畅谈一样。"一个能思想的人，才真是一个力量无边的人。"我一贯认为，读本有益的书是启迪人生的一剂"良药"。因此，在阅读中多思考一番，思考会衍生人生的境界。

左岸是情感，右岸是思想。行走在文字的两旁，作者在顿悟中会把生活融入文字，洞彻世事，湿润心灵。好的作品，是要有生命体验的。不可否认，写作中情感的表达既要真诚，又要直言，是主观内心对客观事物的真切反映。当然，也不能随心所欲和放任自流，要有分寸，有抑有扬。行走在明媚的阳光里，不妨打开一本书去追寻我们的真实心声。

时间的力量

我曾在北京郊区的潭柘寺看到这样一个场景：千年古树前面排起了顶礼膜拜的长队，其中有白发苍苍的老人对着古树闭目祈福，神情专注，良久方罢。我被这个场景深深震撼。

那只不过是一棵树木而已，为什么能够激发人们最为深沉的敬畏之心？又是什么力量赋予了这棵树木超越自身的精神特性？显然，古树粗壮的树干、茂密的枝叶只是从审美的角度增添了情趣，并不能自在自为地产生精神的飞跃。我思来想去不得其解，后来突然意识到，或许正是这棵古树里面凝聚的时间，才让人们感受到一种更高的价值和存在。

人们在这棵树下冥想、祈祷或膜拜，寄托的对象并不是这些有形且繁茂的枝叶，而是这棵古树历经沧海桑田而积累下来的时间，是它经历的无数个夕阳西下、清风朗月和人事轮回。这棵古树，不过是变动不拘时间所代表的一个具象符号，而人们向古树祈祷，实际上是在向时间表达敬畏。

一个人、一棵古树，这样一个意象再恰当不过地揭示出人类精神的秘密：时间拥有一种更为本质的力量，而人类在内心深处对这种力量存有敬畏。博尔赫斯说，我首先是一个读者，其次才是一个作者。当一个作家选择写作作为自己的生活方式时，他同样选择了阅读为人生的基本所需。优秀的作家正是循着这条线一路走来。一条路究竟有多长？要用心丈量。如果说写作一棵树，必定林叶纷披，繁茂深秀，花苞芬芳，果实肥硕。微风过处，绿肥红瘦隐现，也有鸟鸣。让人不禁循声去找枝叶掩映下某处神秘的巢。写作要试图用妥帖的语言和构造发现人与人关系中隐秘的褶皱，曲折迂回，鲜为人知的人性角落。这些，沉潜生活河流底部。潮汐过后，留下一地凌乱的碎片，真实而触目，让人惊讶不已。或许，这便是作家创造的意境与情思，或许也是作家创作的初衷所在。

泰戈尔说，离你最近的地方，路途最远，最简单的音调，需要最艰苦的练习。旅客要在每个生人门口敲叩，才能敲到自己的家门，人要在外面到处漂流，最后才能走到最深的内殿。阅读一本书，穿行在时空中。且看且思，环顾世界，再没有哪个民族比中国人对时间和历史更加敏感、更为重视的了。中国是世界上唯一一个未曾断代、在几千年里保持了连续性的文明体系，而且中国古人注重书写历史、延续历史。黑格尔也承认，"历史必须从中国说起，因为根据史书的记载，中国实在是最古老的国家"，"中国'历史作家'的层出不穷、连续不断，实在是任何民族所比不上的"。中国人生活在历史之中，精英阶层也以青史留名作为人生的最高追求，历史所代表的时间之轴是中国人的精神寄托。

直到现在，年轻人仍然能够从司马迁的《史记》中获得启迪，从李白、杜甫的诗歌中寻找美感。正如杜维明所言，传统思想将永远存在于中国的历史长河中。正因此，时间的延续、历史的视角是思考中国的基座。美国汉学家孔飞力早就认识到，中国的现代化只能基于中国自己的条件，而不是其他国家的经验。因此，与走向未来一样重要的是回归传统。

回归传统，首先应该理性地认识历史和传统。米兰·昆德拉在《不能承受的生命之轻》里面说过这样一句话，"橘黄色的落日余晖下，一切都被蒙上一种怀旧的色彩，哪怕是断头台"。这句充满了诗情画意的话，其实饱含着深刻的方法论智慧。就像落日的余晖一样，时间的累积本身就会因为厚重而产生一种温情，而这种温情有时候会让人不自觉地忽视历史锦袍上的虱子，只是关注锦袍自身的美好。或者说，越是古老的事物，越是能够勾起人们内心的美好想象，而这有可能导致人们不假思索地将传统浪漫化或者完美化。历史之中，既有丰富的智慧，也有深刻的教训。

伟大美好的文明，为何难以走出治乱兴替的自我循环？就像唐朝命运所展示的一样。唐朝曾经创造出当时世界上最辉煌的文明，最后仍然陷入了自我瓦解，而它之后的历朝历代仍在延续着"自我重建、自我毁灭"的剧情。历史不仅仅是忠实的记录者，更像是一个铁面无私的审判者。历史从不糊涂，也不会打盹小憩。古代的那些帝王将相稍有懈怠，它都会了然于心，并启动治乱兴替的机制，创造新一轮的改朝换代。历史不糊涂，任何人都别想蒙混过关。山河万朵，难以唤回昨日。黑夜素土，只能手持菊花笑傲江湖。

法国思想家孟德斯鸠说，喜欢读书，就等于把生活中寂寞的辰光换成巨大享受的时刻。一部好的作品就应闪耀着崇高、圣洁的人性光芒，倾注了作家对生活的挚爱。读者在阅读的过程中，与作品中的人物同沉浮、同喜悲，经受了一场灵魂的酣畅洗礼，这样的作品才不会让人性蜕变。不可否认，优秀的作家都是带着灵魂写作的，我们从真正的作品中可以看到作家灵魂奔走的方向，能看到的喜怒哀乐以及他的个性与才华，一个魅力十足的作家会把自己的肝胆和血性涂抹在每行文字中，使作品真实起来。是的，写作是灵魂行走的代言者。这样的说法似乎有些矫情，其实不然，有人说"宁与柏拉图同悲，不与小人同乐"。醉心写作，人的心灵自会有一种空前的清明，尽管这种清明有时是痛苦的。一个真正的写作者，灵魂意义上的行走者，更看重的是弥尔顿所说的把"地狱变成天堂"。因为，他知道，自己不能延伸人生的长度，但可以决定自己人生的宽度，改变不了过去，但可改变暂时。

俄国文艺批评家车尔尼雪夫斯基说，假使你要做一个彻底的人，那么就应该特别注意作品的价值，而不必拘泥于你以前觉得这同一位作家的作品是好是坏。浅阅读能从书中体会治理艺术，处世之道与命运无常；深阅读能从中领悟政治与人性中的深层奥秘，而文字本身还能给人带来一种穿越历史的美好体验。看见什么或许言人人殊，但观察的视角却应该尽量多元化，每本书都会力图展示出不一样的视角。

博尔赫斯曾引用这样一句话，"太阳底下无新鲜事，对新事物的认识无非是一种回忆"。其实，无所谓过去、现在与未来，因为现在就包含着过去，也预示着未来。时间是一种势，是物所具有的一种势，一种温度。任何物都有这样的一种势，因此才有时间。有时间的向度，就有昨天、今天、明天，有了现象。有生死的温度，就有生命，有食物、有爱、有精神。当人们沉湎在对世界和心灵的发现与思考而将语言浑然不觉地自然运用了数千年之后，文字中就会透出温度。

人性的光芒

对生活要有热情，给生活另一种形式，也是人格的另一种可能。蛰伏了一个冬天，终于听到春的声音。

在这个万物复苏的季节，柳芽吐绿，枝条酥软。我的心也好似复活了。是的，整个冬天我已冬眠。烦事折磨，心绪不宁，只能假寐安祥。看到好书，不由心动，每颗文字跳跃着生机，让我精神不由一振。

一个通宵，又一个通宵。我终于拉开窗帘，揉了揉惺忪的睡眼，远目极眺，黄河依旧东流。天有点阴，飘着雪花，风不愠不火地吹着，夹带着万物竟生的气息。最近所读书中的人物，一个个好像在我眼前，在极力分辨，要我给他们一个说法。呵呵！这些书中人物此刻就在眼前！不可否认，好作家就是从情感或情绪中衍生出一个个让你不忍释手的故事，当然需要细节，一个个金光闪烁的细节。

风由何时起，风从何处来，又刮向何方，时间流逝的目的只有一个：让感觉和思想稳定下来，成熟起来，摆脱一切急躁或烦恼的偶然变化。柏拉图《理想国》中有这样一句话：我们寻找的，却是自己原本拥有的。

我们总是东张西望，唯独漏掉了自己想要的。这就是我们至今难以如愿以偿的原因。是的，好的作家都知道自己想要的，会在不动声色中寂然折射出人性的光芒。有职场，有情场，更有一场场上演的人性之战和心灵激荡。总之，真正好的作品，就是要于日常生活中写出人性的感微和光芒。时间和空间是文学作品按照一整套多变的音域和时值及阅读的两个键盘。以飞散的视角，营造弥合的潜在意识，以感性的思维和混沌的书写提供特殊的文本。

人性，一个多美好的词！善于透过心灵来展现真实的描写对好的作家来说信手拈来，实则匠心独具。小说既是关于艺术存在的思辨，同时也是美学极境的构造。所有的思辨及构造到文本最后经被摧毁，甚至好的作品所有叙事展开终极目标直指被摧毁的格局。从内看，既符合想象，又与艺术最高境界相一致，于是作品抵达了艺术构造的轻盈、灵透之境。好作品既是涵盖力，确定性及不确定性的结合体，亦是主张力的至境，更是作家与创作自我的角力。少叙述，更多描述。好作品的精彩之处其实就是作者的用心之处。每一处匠心独运的细节都在叩响生命紧绷的弦，探触出人们生存的底线。这种底层的写作，如锋利的刀刃划破大地的伤口，撕裂的疼渗入骨髓。

文字本身是个人化的表达，好作家一定要有思想，更需要在孤独和细腻中行进，通过思考书写文字，才能打动人心。观察之于写作很重要，作家们都在不断地观察中尽力逼近生活的真实。用复杂的文学表现手法，把人物和现实深入挖掘，然后透过表象，找到作品与读者内心的契合。

毋庸置疑，一部好的作品关键在于真情实感。多了沉淀，才会有意想不到的结果。面对喧嚣的时代，更需要稳下心，正视在快餐生活中丧失的想象优势，知识优势和思想优势与时代前沿多样性和最深层的真实性之间的不对等、不相宜、不融合。从现实到现实主义，既考验作家描摹现实的动力，也考验作家调聚能力。这道门槛能迈过去，眼前就会豁然开朗，洗涤灵魂，让阳光把我们叫醒。

很多时候，走得越久，我们离自己越远。身负重壳，努力向前爬行，殊不知只是为了取悦别人；我们自认为在努力奋斗，殊不知只是在满足无限的欲望；我们总认为自己可以寻找到一把可以安放灵魂的躺椅，殊不知是踏入了另一个浮躁的世界结果，只换来一副充满了浮躁与不安的皮囊。其实单纯，才是复杂世界的护身武器。

文字是救赎，心灵的苦痛需要引流，好作品是我们清醒生活中的梦幻表述，是被想象出的真实生活，需要我们重新捡拾生活的碎石，重塑自己的心灵。作家，是内心充满焦虑和不安的人。闻墨皆苦，文心自芳。作家如果没有焦急，没有烦忧，没有阅读，没有思考，就写不出好的作品，也没有存在的文字。

一切过往，皆为序章。写作一定要不遗余力地写好故事，更要有想象和虚构的能力，但虚构的能力是最基本的。一个人的经历必定有限，如果只会写自己的生活，写着写着，最终就没意思了。虚构不是凭空想象和捏造，更需要把人和事尽力地还原生活的本真。生活和文字相互渗透，用最朴实的文字来展现生活的底色，绽放人性和人情，看似随意，实则自有用意。与光同尘。作家要把敏锐的感受和人生的智慧融入字里行间，用一个个走心的故事凸显复杂的人性和世道人心。让一点火焰燃烧起来，这就是人的灵魂所在！那是一束微妙的亮光，照彻灵魂，自带光芒。

知我者谓我心忧，不知我者谓何求。写作中最难解决的是分寸感。远离套路，写出真情，写出独树一帜，更要写出心灵的共鸣。最好的作品，首先要打动自己。不管是道听途说，还是自我创作，最好能重温并挽留旧时的梦，用记忆或想象留驻生命中最美的时光。恰恰，这就需要把作家排兵布阵的能力显现出来，更要把人心最柔软的地方写得更柔软，让读者泪欲湿襟。

"捷克文学的悲伤之王"博胡米尔·赫拉巴尔说，因为我有幸孤身独处，虽然我从来并不孤独，我只是独自一人而已，独自生活在稠密的思想之中，因为我有点狂妄，是无限和永恒中的狂妄分子，而无限和永恒也许就喜欢我这样的人。而砥砺前行的好作家，一直坚守忠于心灵深处真情实感的写作。也许，他行进的脚步很慢，但是走出的路会很长！

好作品与其说是触及灵魂的救赎，更不如说是循着人性去思考，去发掘内心的那丝寒意。每一朵花都有两个方向，开或不开。其实，不开比开更紧密。生动的东西才能附得住灵魂，光明的东西才有深意，火焰才可以让人飞翔。是生活错位？是人性错位？还是灵魂错位？所有看到的是人生同心圆的外围，哭和笑得平衡，否则会走向极端。

想念远方是一种空虚，寂寞是有，空虚是无，寂寞是可以忍受的，犹如写作，空虚是无论如何都忍受不了的，甚至万念俱灰。

灵魂在高处，不容出窍，更不容亵渎。净化内心，方能安静。春天的脚步坚定不移地逼近，总有一天春风荡涤，大地复苏，人间盛景浸润心灵。如此，让一本书抵达您心灵。

世间宏阔深邃的基因和密码，都无声隐藏于土地，土地上匍匐的人是神奇的解密者。世界上唯有土地永恒，与明天同在。作家要有匍匐于土地的虔诚之姿，真挚而有心甘情愿地接纳来自大地的粗粝与坚硬，从中获取深耕细作后散发出的光芒。作家要有超拔之技，以重新构建生活的勇气，提纯平凡琐碎而又富有诗意的真实，彰显人性的光芒。

后记　一心向往　如若初见

蝉鸣是风，苍凉的意境。叶子在风里泛着浅浅的浪，如同一列编钟，击出古典的音色。顷刻，能感到这是最美的音律。绿意融融，黄河东流，日子就这样在季节的更迭中不知不觉间流逝了。

有幸在这个葳蕤的季节，焚煮文字，让自己的期待多了几许。

我喜爱的不仅仅是山河、巷陌、田野、灯光……还有人世间的暖。无论写景、抒情还是记人叙事，让文字羽化为翅膀，飞向远方。事实上，我写的大多是岁月陈酿，更多是人性的醇厚，不能将盖子揭得太早，您懂得！

心安即是归处。我踽踽独行。在平常的日子里散发着的光芒。

我是一个文字工作者，如果码字是为了疗饥，那真是莫大的悲哀和恓惶。

此刻就在雨夜，我奋笔疾书，文随思动，除了神话和诗。一个书写者，与心交汇。遇着，不期而会也！生命丰盈，万物有灵。以风声，以水响，我就在那里。走过荒漠，掠过大地，穿过戈壁，打马草原……静静地冥思，任急骤的雨滴敲打，置身于此，一任思绪流淌。笔尖流淌岁月，纸上抒怀苍茫，用温暖的文字书写对生活的深情。

天地之间，无非是栖身摇曳的一座驿站；人生无非是羁心绊意的事情，或喜或悲，不过如此。能够在文字中行走，总是美好的。

曾记得，有句话：等等灵魂。是在等待自己的灵魂，还是等待和有趣的灵魂相遇呢？对充满变数的未来，我一以贯之，顺其自然。一切不能随波逐流，也不能一意孤行，一切随心随缘。唯一驱使我前进的是文字力量，或跨步、或慢跑、或趔趄、或彷徨、或观望……更多的依旧是抬头望天，低头行走。

这一生，注定有些事是必然要经过的，逃也逃不掉的，比如文字，比如书写……

文字其实是一种疏离。若能够疏离，就能产生文学。只是通常我们无法疏离，我们很容易投射，很容易陶醉，很容易一厢情愿，所以会看到很多的"假象"，也就是《金刚经》里面讲的，我们一直在观看假象，观看一些梦幻泡影。当我们破除一些对于人生的假设，有了悟性的看破时，就可以不带成见地观察一切事物。这才是文字的开始。如果心存假设，文字恐怕无处安放，犹如喧嚣的心怎能静寂。要保持旁观者的冷静，去观看一切与你有关或者无关的，但并不容易。有时候我们甚至会觉得假象比真相更真实。文学与人性之间游离，好像有点残酷，但绝对不是冷酷，应是在极热和极冷之间。文学的终极关怀到底是什么？我觉得就是人生真相与假象反复地呈现。

文学和哲学不一样，哲学是寻找真相，可以一路残酷下去，可是文学常常会有不忍，它不忍时就会"假作真"，它残酷时就会"真亦假"，然后让人恍然大悟。文学和哲学是两种不同的东西，哲学会帮助文学，因为哲学有一个责任，要为真相做最后的检查，在真与假之间做了很多探讨，所以有哲学的文学是很好的文学。用心记录，用情书写，一切都在笔尖流淌。

光阴知味，欢喜常在；向暖绽放，不问花期。

黑格尔说，凡是存在的就是合理的，凡是合理的就是存在的。

平稳、柔软、滑润……

林中的响箭，雪地的萌芽，余焰中的刀光，大河中喧腾的浪花，静夜里的流星……这些都洋溢着生命中的悸动和透示着鲜亮血色的美。文字流淌或宣泄一种生存相、一种精神状态、一种也许无望的追求，体验人性复归的满溢世界。

生活总是那么平淡，淡得有些无味，我在平淡的生活中体味岁月的清欢。在我的作品中，与其说是对文字的苛刻挑剔，不如说是对生命歌唱的聆听。固守在时光中，我有时强忍疼痛写着那些不堪回首的往事，本应是扎心或者欣喜的，却冷静得让人不寒而栗。任时光流淌，心灵涤荡，文字或许是最好的记忆。我的写作撷取了平常生活中那些富有灵性价值的素材，进行筛选、剪辑、加工、提炼，实现更丰富、灵活、完美的思想闪耀，许多文字折射出人性的光芒。其实光阴从不曾厚过谁，也不曾薄过谁，生活就是一种积累，你若储存的温暖多，那么你的生活就会阳光明媚，你若储存太多寒凉，你的生活就会阴云密布。时光，因爱而温润；岁月，因情而丰盈。

忽然想起一句话：时光越老，人心越淡。或许，这是一种千帆过后对生活的感悟，是一种淡泊的心境吧！毕竟我们经历着，便懂得着；感念着，便幸福着。那么，在时光深处，寻一片幽静的地方，和我们所爱的人细数柴米油盐的幸福，放下该放下的，珍惜所拥有的，一起经历人生的风风雨雨，读书习字过最平淡的日子，拥一室清香入怀，即便老去又何妨？旷野舒展，波涛翻滚。远古的急流，从心底最深处涌出，一泻千里。顺着河流，我追逐在岁月红尘最深处。风霜雨雪里，我挣扎着，只是为了一种梦想，一种情怀。

站在生命的最高点，听到一种呐喊。万般思绪，在心底澎湃激昂，还有一丝大河东流的蜿蜒曲折，在内心深处成绝望。葱郁、衰败、选择、放弃，这都只是一种姿态。可是在生命的一瞬间，我只能选择某种情怀来阅读生命的内涵。任凭雨打风吹，却只能义无反顾地，行走在永远一个人的江湖，漂泊在永远的一个人的思想里。在朔风中，那滚滚不尽的黄河水向东流去，诉说着人生的悲欢聚散，岁月的阴晴圆缺。

　　俯仰厚地高天，意境苍苍茫茫。汹涌的河流，无边的落木，千百年来总是蹒跚地走在人世间，却走不出生命的悲风苦雨。心中有所期盼，眼里有阳光，携手爱我们和我们爱着的人，妥贴着一份安暖，便是幸福。

　　让意向在时间的隧道中奔驰，没有时间的延续，就无所谓生命力。我从不认为写作会改变什么，除了自己的内心，也许可能会有另外一些人的内心。我时常提醒自己，不是为了写作而生活，也不是为了生活而写作，仅仅是对文字的一种敬畏。现实生活如此庸常，以一种不可思议的力量束缚着我们。但文学，给了我们一个更加自由的空间。当我们走进现实，无数的可能性变成了唯一的现状，而且是最为庸常的那一种。当想象与语言结合在一起，那无数的不可能性便又恢复了。文字可能会延伸生存。因为，在写作中享受自由的幸福时，那些短暂的时光像永远一样漫长。

　　太阳底下无新事，对新事物的认识无非是一种回忆。无论是旧味欢，还是笔墨间，有时我会用最妥贴的语言表达一种特别的情绪，作为对某种存在的揭示。同时，也会以哲学的目光，以在场的图景，显示未在场的东西，以有限表现丰富的无限。在繁华中坚守一份冷静。我只能用坚韧和坚忍的思想，用"骨头"书写，让意象在时空中飞驰。没有时间的延续性，就无所谓生命力。其实笔下的人和事，大多就在身边。最好的写作，毫不掩饰心灵的苍凉和思想的紊乱，写出了自己纯洁的灵性和率真的秉性。这些年，我一直为他人做"嫁衣"。与其说是筑梦，不如说是一种留恋。深知笔底乏力，写不出生花的文章，但是一次次感悟缀成记忆留存。闲来翻检，如遇遗珠，停足回眸，暖我半世。相信，终会有一天绽放，也许有意想不到的收获！

风比远方更远。众生万物，纵然改变不了过客的宿命，却也应该感谢时光的馈赠，感谢它让我们在岁月的长河乘风破浪，于波峰波谷中辗转历练，变得越来越坚强，越来越风雨不惧。

繁华自会落尽，梦醒总会无痕。在岁月中行进，谁都不那么容易。心中有阳光，人性才会至善至美，爱的花朵才会充盈人间，岁月赋予洞彻委婉和通透，采撷比意识和理性更多的是深沉。

一个人，一杯茶，一隅安静的地方，这便是最美好的时光，离开纷繁喧嚣，感受另外一种幸福的感觉！时光不会偏袒谁，也不会遗忘谁，简单快乐的活在眼下每一秒，便是人生最大的幸福。留一些热爱在日子里，以心为念，向暖而生，将简单的情感，斟满每一个寻常的日子。

我深知，文字是心灵最真诚的载体。人生永远都可以随时开始，关键在于你敢不敢果断地转身；任何事都可能有好结果，重要的是你有没有能力承受光明到来之前的黑暗。没有做不到的，只有想不到的！用心用情去写，就会一路芬芳。

感谢中共兰州市委宣传部将本书列为兰州市文艺发展扶持项目，助力我在创作的路上更加努力向前；我的文字多了精致兰州，多了金城情怀，更多了别样的兰州，因兰州而兴，因兰州自豪。感恩扶携和帮助的各位好友，鼓励我在创作路上信心十足不断向上；感动五湖四海的读者朋友们，激励我在创作路上不遗余力精耕细作；感激我的女儿子萌，一个初中生，用稚嫩的笔写出了真实的情，为本书作序；感怀我的家人，在生命低谷时，不遗余力地抚慰我失落的心，给我前进的力量，不管什么时候，微笑着让我不断努力。只有享不了的福，没有吃不了的苦。文字不会带来财富，但会愉悦心灵。我深知，每个人在这个世界活得都不容易，不要活在别人的笑话中，宁愿活在自己的童话里。摒弃一切烦忧，我会好好生活，好好爱，在最美年华活出自己的样子；感慰自己的付出终有收获，本书出版之际，喜讯频传：我被评为金城文化名家、参加鲁迅文学院学习、编剧的微电影杀青、获了几个文学奖、走上金城讲堂和几个大学的讲堂、《苍茫河西》和《我的兰州》即将完成，总撰稿的纪录片也在拍摄中……不是生活所迫，谁愿才华横溢。对自己狠点，才能与众不同。

记住要仰望星空，更要低头看脚下。无论生活如何艰难，请保持一颗好奇心，总会找到自己的路。只要用心努力，总有欣喜的收获。不忘初心，方得始终。以梦为马，不负韶华。

踟蹰于岁月的渡口，愿我们每个人都能忠于内心，忠于自己。

在喧嚣的时代，文学有什么用？我想，就是通过文字达致对人世、人生的认识、理解。然后在心底里说一句：啊，原来您也在这里！

一切过往，皆为序章。心之所向，一苇可航。每个人都要用心构筑精神之塔，不时放牧自己的心灵，寻找精神的皈依。不知道世间是不是真的有轮回，若真有来生，我愿涤尽万世铅华，幻化成佛前的一株菩提，远离俗世纷扰，凡心孤独，可好？

无论将来会遇到谁，生活都是先从遇见自己开始的。一切都是最好的安排，打开心灵，让自己慢慢飞。时光如流，像一条会飞的鱼；时光深处，让自己安妥灵魂。花开花落，年复一年。人总是在思忖中变老，光阴叙述着故事。流年似水，静水深流。人生大抵不过如此。时光更迭，总有我们晃过的影子！行走在惬意灵性的文字中，一切都是最美的遇见。无论何时何地何人。

遇见最美的文字，遇见更好的自己！

遇见，就是最好的回答！